Franziska Fairytale

Helgas
Liebeserwachen

Franziska Fairytale

Helgas Liebeserwachen

Bibliografische Information der Deutschen Nationalbibliothek: Die Deutsche Nationalbibliothek verzeichnet diese Publikation in der Deutschen Nationalbibliografie; detaillierte bibliografische Daten sind im Internet über www.dnb.de abrufbar.

ISBN 978-3-8370-1038-1

© 2016 Franziska Fairytale

Herstellung und Verlag:
BoD – Books on Demand, Norderstedt

Covergestaltung:
Franziska Fairytale mit BoD easyCover

Foto: privat

Zweifel

Helga fühlte wie die Hände ihren Körper streichelten. Sie spürte die Wärme der Sonne auf der Haut, hörte das Rauschen des Meeres.

„Du bist eine wunderbare Frau", hörte sie seine Stimme. „Ich habe lange nach dir gesucht. Nun habe ich dich endlich gefunden und werde dich nie mehr loslassen."

Irgendetwas war anders. Nur was? War es richtig?

Wieder hörte sie die Stimme: „Ich liebe dich. Ich möchte dich nicht nur am Wochenende sehen, sondern den Alltag mit dir teilen. Ich möchte mit dir zusammen wohnen und dich heiraten."

Wer war der Mann? Es war nicht Tjarks Stimme.

Sie sah sein Gesicht. Es war braun gebrannt, hatte dunkle Haare und braune Augen. Tjark war blond und blauäugig. – Nein richtig blond war auch nicht mehr. Der Bart war inzwischen fast vollständig ergraut. Im Haupthaar befanden auch schon viele graue Strähnen, die Schläfen waren komplett grau. Eigentlich eine Haarfärbung, auf die Frauen fliegen. Auf Helga wirkte es allerdings nicht mehr.

„Denke über meine Worte nach", hörte sie die Stimme noch einmal.

Dann öffnete sie die Augen und sie brauchte einige Zeit, um sich zu orientieren. Sie war in ihrem Schlafzimmer, lag in ihrem Bett und fror. Der Wind heulte um ihr kleines Haus, Regen und

Graupelschauer peitschten gegen die Fensterscheiben. Sie war allein. Es war also nur ein Traum gewesen.

Allerdings ein sehr realistischer, denn sie meinte das Salz des Meeres auf ihren Lippen zu schmecken. Die Haut roch nach Sonne.

Helga zog sich einen dicken Pullover und Wollsocken an. Dann ging sie in die Küche und kochte sich einen Ingwertee. Als der Tee fertig war, kroch sie wieder in ihr Bett. Dabei behielt sie allerdings Pullover und Socken an. Langsam wurde ihr warm. Sie dachte über ihren Traum nach. Inzwischen war ihr klar, das es ein Traum gewesen sein musste. Sie kannte weder die Stimme, die sie gehört hatte, noch das Gesicht des Mannes. Seit einer gefühlten Ewigkeit war sie mit Tjark zusammen.

Wie lange eigentlich genau? Über zehn Jahre – ja das war sicher. Waren es schon 20 Jahre? Nein, wahrscheinlich nicht, obwohl sie es nicht genau sagen konnte.

Was waren Sie eigentlich? Verheiratet waren sie nicht. Meist nannte er sie „meine Frau". Aber hieß „meine Frau" nicht auch, dass man regelmäßig oder zumindest überhaupt noch ab und an miteinander schlief? Damit meinte sie nicht nur, die Nacht nebeneinander im selben Schlafzimmer zu verbringen, oder in der Nacht nebeneinander im selben Bett zu liegen. Mann und Frau war man, wenn auch Sexualität eine Rolle in ihrem gemeinsamen Leben spielte. Und das war schon

6

lange nicht mehr der Fall. Helga machte sich noch einen Tee und diesmal tat sie einen kräftigen Schuss Rum hinein, bevor sie sich wieder in ihr Bett verkroch um nachzudenken.

Sie war todunglücklich gewesen, als sie sich entschlossen hatte, hierher zu kommen.

Eigentlich war sie in einer glücklichen Beziehung mit Jan – dachte sie.

Als sie früher von einer Fortbildung zurück kam, hatte sie nicht angerufen, sondern wollte ihn in ihrer gemeinsamen Wohnung überraschen. Sie hatte Sushi und Wein für ein Candle Light Dinner besorgt.

Es gab eine riesige Überraschung, allerdings überhaupt nicht in Helgas Sinne. Jans Auto stand vor der Tür. Ein gutes Zeichen also: er war zu Hause. Als sie die Wohnungstür öffnete, meinte sie ein Parfüm zu riechen. Seltsam, es war keiner der Düfte, die sie ab und an verwendete.

Jans Jeans lag im Flur. Was war geschehen? Normalerweise war er ein sehr ordentlicher Mensch, zog sich im Schlafzimmer aus und legte seine Sachen glatt über einen Stuhl.

Ein Stückchen weiter fand Helga ein Tanktop. Eigentlich ein weibliches Kleidungsstück. Was hatte das zu bedeuten?

Direkt vor der Schlafzimmertür lag das T–Shirt, dass sie Jan im letzten Jahr zu Weihnachten geschenkt hatte.

Es wurde immer merkwürdiger. Die Schlafzimmertür war nur angelehnt. Helga öffnete sie leise. Was sie dann sah, ließ ihr das Blut in den Adern gefrieren:

In ihrem Bett vergnügte Jan sich mit einer anderen Frau. Die beiden waren so in ihr Treiben versunken, dass sie Helga nicht wahrnahmen, obwohl sie alles tat, um sich bemerkbar zu machen. Erst als beide fast gemeinsam zum Höhepunkt gelangt waren und erschöpft ineinander verschlungen liegen blieben, bemerkten sie Helga, die inzwischen direkt vor dem Bett stand. Die Frau schrie vor Entsetzen auf. Jan hingegen blieb ganz ruhig, verbarg seine Blöße unter einer Bettdecke.

„Du bist früher zurück", sagte er. „Warum hast du vorher nicht angerufen?"

Tränen schossen Helga in die Augen. Sie konnte nicht antworten. Fluchtartig verließ sie die Wohnung, floh zu ihren Eltern.

Es dauerte einige Tage, bis sie ihren Eltern erklären konnte, was geschehen war. Sie meldete sich auf der Arbeit erst einmal krank. Nach zwei Wochen wusste sie aber, dass sie an diesem Ort nicht bleiben konnte, denn es gab zu viele Erinnerungen und gemeinsame Freunde. Sie beschloss, Flensburg zu verlassen und irgendwo anders ein neues Leben zu beginnen. Konsequent kündigte sie ihre Arbeitsstelle. Da sie noch ausreichend Resturlaub hatte, musste sie nicht mehr an ihren Arbeitsplatz zurückkehren oder Erklärungen abgeben. Auch von ihren Freunden und Bekannten distanzierte Helga sich. Sie zeigten ihr zwar ihr Mitleid, überschütteten Helga aber gleichzeitig mit guten Ratschlägen und erklärten ihr regelmäßig, dass das alles nicht passiert wäre, wenn sie sich mehr um Jan gekümmert und nicht den ganzen Tag gearbeitet hätte.

Die Wochen in Flensburg zogen sich, das Leben dort wurde für Helga die Hölle. Überall wurde sie an ihre glückliche Zeit mit Jan erinnert. Wenn sie mal zufällig Freunde oder Bekannte traf, erzählten diese ihr, dass Jan inzwischen mit seiner neuen Flamme zusammengezogen und überglücklich war. Er hatte endlich die Frau gefunden, die perfekt zu ihm passte.

Helga konnte es kaum noch ertragen, stellte sich in ihren Träumen manchmal vor, wie sie ihre Kenntnisse über schwer oder gar nicht nachzuweisende Gifte, die sie in ihrem Doppelstudium der Biologie und Chemie erworben hatte, dazu nutzen würde, Jan und seine neue Frau ohne nachweisbare Spuren umzubringen.

Nach drei Monaten war es endlich soweit: Helga bekam eine Stelle in München. Glücklich machte sie sich auf die Suche nach einer neuen Wohnung. Dabei musste sie schnell feststellen, dass die Gehälter in Bayern zwar etwas höher als die im Norden waren, die Mieten aber mehr als doppelt so hoch. Viel würde ihr nicht zum Leben und vor allem nicht zum Ausgeben bleiben. Trotzdem war sie optimistisch. Am Ende ihrer halbjährigen Probezeit zweifelte Helga schon, ob sie wirklich in München bleiben sollte. Außerhalb der Arbeit hatte sie noch immer keine Kontakte zu Menschen hier. Und die Kollegen unternahmen nur selten nach Feierabend etwas mit ihr. Sie hatten es eilig, zu Familie und Freunden zurückzukehren.

Trotzdem genoss Helga die Zeit: nach Feierabend machte sie lange Radtouren, sonnte sich im englischen Garten, badete in der Isar. Sie genoss das Wetter. Es war deutlich wärmer als im Norden, Wind gab es nur selten, Sturm hatte sie noch nicht erlebt.

Doch dann kam der Winter. Und mit ihm kamen Dunkelheit, Kälte und Schnee, viel Schnee. Autofahren wurde zur Qual für Helga. Meist ließ sie das Auto stehen und fuhr mit öffentlichen Verkehrsmitteln zur Arbeit. Aber dann musste sie weit zu Fuß durch den Schnee stapfen, was ihr von Tag zu Tag schwerer fiel.

Im Januar hatte Helga endgültig die Nase voll. Sie wollte zurück in den Norden, möglichst nach Schleswig–Holstein. Und so machte sie sich wieder auf die Suche nach einer passenden Arbeitsstelle. Da sie auch furchtbar einsam war, machte sie sich in Online–Partnerbörsen auch auf die Suche nach einem Mann. Doch hier hatte sie auch kein Glück: viele Männer suchten nur eine Frau fürs Bett. Die meisten davon waren sogar auch noch in einer festen Beziehung und dachten nicht mal im Traum an eine Trennung. Und der Rest war auch nicht brauchbar: geschiedene Männer, deren Kinder bei ihnen lebten, suchten nach einer Ersatzmutti für ihre Kinder oder besser noch nach einer günstigen Haushälterin, die sich mit frei wohnen und ab und zu ein bisschen Sex abspeisen ließ. Im Bett müsste es aber leise zugehen, damit die Kinder nichts merken. Und grundsätzlich gab es auch nur dann Sex, wenn der Vater sicher war, dass seine Kinder alle zugleich tief und fest schliefen. In die Realität übersetzt hieß das: eigentlich nie.

Der Rest war nicht Tageslicht tauglich und unvermittelbar: Männer, die die 40 schon erreicht oder überschritten hatten und immer noch bei Mutti lebten. Emotionale Analphabeten, die sich nicht um die Bedürfnisse einer Frau kümmern. Schnorrer, die nur eine günstige oder besser noch kostenlose Bleibe in der Wohnung einer Frau suchten, die nebenbei noch ihre verlotterten Klamotten wusch und instand hielt und sie darüber hinaus noch bekochte.

Bei der Jobsuche hatte sie mehr Glück: schnell fand sie einen Job im Naturschutzbereich an der Schleswig–Holsteinischen Westküste. Sie war zwar eigentlich völlig überqualifiziert und die Stelle war schlecht bezahlt. Doch sie war schon immer mit dem Naturschutz eng verbunden und dort auch ehrenamtlich tätig gewesen. Nun konnte sie ihr Hobby zum Beruf machen. Das Leben im Norden war auch deutlich billiger als in München. Die mit dem Leben im Norden verbundene höhere Lebensqualität entschädigte sie für das geringere Einkommen.

Am ersten April sollte sie ihre neue Stelle antreten. In den beiden letzten Märzwochen nahm sie ihren Resturlaub. Freie Wohnungen gab es einige. Die Wohnung für die sie sich entschied, war zwar nicht ihre Traumwohnung, doch sie hatte erst einmal ein Dach über dem Kopf und würde sich dann in Ruhe nach einer besseren Wohnung vor Ort umsehen können. Innerhalb weniger Tage war der Umzug gemacht und die Wohnung in München aufgelöst.

Ihre neue Heimat und ihr neuer Arbeitsplatz begrüßten sie freundlich. Der April war warm, sonnig und freundlich. Vom launischen Aprilwetter war nichts zu merken, der Mai schon sommerlich warm. Und so sollte das Wetter in diesem Jahr bis Mitte Oktober bleiben. Helga war während ihrer Arbeitszeit viel im Freien unterwegs, bestimmte Pflanzen, beobachtete Vögel und Robben und führte Wattwanderung durch. Sie war glücklich.

Die meisten ihrer neuen Kollegen waren in festen Beziehungen. Trotzdem unternahmen sie nach Feierabend einiges miteinander. Helga fühlte sich integriert. Und dann war da noch Tjark. Häufig arbeiteten sie zusammen. Er war schon lange Single, weinte nach vielen Jahren noch immer der Frau seiner Träume hinterher, die sich aus finanziellen Gründen von ihm getrennt hatte.

Er war attraktiv, sportlich und sehr erfolgreich bei seinem Sport. Regelmäßig begleitete sie ihn und freute sich immer wieder, wenn sie ihn auf dem Siegertreppchen sah. Sein Ruhm färbte auf sie ab.

Immer häufiger wurde sie eingeladen, denn sie kam aus dem Umfeld eines Siegers. Und mit solchen Bekanntschaften schmückten sich die Menschen gerne. Sie war begehrt und wichtig.

Da Helga und Tjark regelmäßig zusammen auftauchten, hielten die Leute sie bald für ein Paar.

Tjark widersprach nicht und so unternahmen sie mehr und mehr gemeinsam. Nach Feierabend kochten sie immer öfter zusammen, unternahmen auch häufiger am Wochenende etwas gemeinsam. Irgendwann landeten sie zusammen im Bett, verbrachten die Nacht miteinander. Am nächsten Tag ging Tjark ohne Kommentar ganz normal zur Tagesordnung über. Als Helga versuchte darüber zu sprechen, zuckte er nur mit den Schultern und ging zur Arbeit.

Was hatte das zu bedeuten? In den nächsten Tagen sah sie ihn nach der Arbeit nicht. Er traf sich mit seinen Freunden. Auch am Wochenende war er mit seinen Freunden unterwegs, meldete sich nicht bei ihr.

Am Dienstag der darauf folgenden Woche fragte Helga ihn, ob er Lust hätte, nach der Arbeit zusammen mit ihr zu essen. Er nickte und fragte, ob er etwas dafür einkaufen solle. Helga nannte ihm die Zutaten, die sie zum Kochen benötigte. Eine Stunde nach Feierabend klingelte Tjark an ihrer Wohnungstür. In der Hand hatte er einen Einkaufskorb, der alle von ihr genannten Zutaten enthielt. In der anderen Hand hielt er ein Sixpack Bier.

Wie unmoralisch! Helga trank zwar auch gern Bier. Aber für ein Essen mit einem Mann hätte sie sich als Getränk zum Essen lieber einen schönen Wein oder sogar Sekt gewünscht. Doch das war nun nicht zu ändern, denn sie selbst hatte auch nicht daran gedacht, sich einen kleinen Vorrat an Sekt und Wein zuzulegen.

Nachdem ihre Probezeit zu Ende war, wollte sie bleiben. Der darauf folgende Winter war mild, genauso, wie Helga es mochte, wenn sie dem Winter schon nicht entfliehen konnte.

Der Frühling kam und ihr Verhältnis zu Tjark war eigentlich noch immer ungeklärt. Sie verbrachten viel Zeit zusammen, schliefen auch häufig miteinander.

Helga versuchte sich daran zu erinnern, wann die Initiative dazu einmal von Tjark ausgegangen war. Sie konnte sich nicht daran erinnern. Allerdings hatte er ihre Annäherungsversuche aber auch niemals abgelehnt. Wenn er sich mit seinen Freunden traf oder dort zu Geburtstagsfeiern eingeladen war, nahm er sie allerdings nie mit.

Im Sommer fand sie zufällig ein kleines Haus, das günstig zu kaufen war. Ihre Wohnung gefiel ihr von Anfang an nicht und war nur eine Notlösung für die Probezeit gewesen. Helga hatte von dem Tag an, an dem die Probezeit zu Ende war, nach einer anderen Mietwohnung gesucht. Aber warum sollte sie nicht kaufen? Häuser waren hier günstig, ein Hauskauf war nicht teurer als Miete.

Sie fragte Tjark, was er von ihrer Idee hielt. Er antwortete, das es alleine ihre Entscheidung sei. Helga reichte die Antwort nicht aus. Zu gern hätte sie gehört, dass Tjark das Haus zusammen mit ihr kaufen würde. Doch er ging auf ihre Andeutung nicht ein, obwohl er eigentlich nur noch in einer Behelfswohnung bei Verwandten wohnte.

Sie kaufte das Haus allein. Als es um die Renovierung ging, unterstützte Tjark sie sowohl mit Arbeitsleistung als auch finanziell. Er übernachtete immer häufiger bei ihr, brachte auch einen großen Teil seiner Kleidung in ihr Haus. Doch seine Wohnung gab er nie auf. Zu Veranstaltungen, bei denen Paare eingeladen waren, nahm er sie mit, nannte sie sogar „meine Frau". Zu seinen Freunden die Single waren ging er allerdings allein.

Mindestens einmal pro Woche verschwand er alleine mit seinen Freunden, sagte ihr aber nicht wohin erging. Helga fragte sich, ob er eine Geliebte hatte, schnupperte an ihm und seinen Sachen. Doch sie konnte nur Bier und Zigaretten riechen, manchmal auch Korn oder Whisky. Vor acht Jahren hatte sie einmal das Gefühl gehabt, dass er an einer anderen Frau interessiert war. Sie trank aus Verzweiflung allein zu Hause, während er angeblich mit seinen Freunden unterwegs war. Sie war wütend, erinnerte sich an ihre Mordgedanken, die sie gehabt hatte, nachdem Jan sie verlassen hatte.

Als er nachts betrunken und fröhlich nach Hause kam, drohte sie ihm: „Du hast eine Andere, ich weiß es genau!"

Tjark schüttelte ungläubig den Kopf: „Ich war mit Freunden in der Kneipe, da waren keine Frauen!"

Helga wurde noch wütender: „Denk dran, ich bin Chemikerin. Ich kenne alle Gifte und weiß, wie man jemanden mit Gift tötet, ohne, das es nachweisbar ist."

Tjark zuckte mit den Schultern.

Nun wurde Helga richtig wütend: „Ich erzähl dir mal ein Geheimnis aus meiner Vergangenheit: mein letzter Freund hat mich wegen einer anderen Frau verlassen. Er ist jetzt tot und seine neue Frau auch."

Endlich hatte sie die gewünschte Reaktion. Sie sah, wie sich seine Augen vor Entsetzen weiteten.

Nun hatte Helga die Situation wieder unter Kontrolle und setzte nach: „Solltest du mich jemals wegen einer anderen Frau verlassen wollen, bist du tot. Ich werde euch beide umbringen. Ich kenne ausreichend Gifte, die man nicht nachweisen kann. Wenn du mich jemals verlassen willst, bist du tot und deine neue Frau auch. Man wird niemandem etwas nachweisen können."

Danach war er wieder öfter bei ihr. Nur zu den normalen Wochenendterminen war er noch mit seinen Freunden unterwegs, ließ aber nicht durchblicken, was sie machten und worüber sie sprachen.

Schleichend kühlte ihr Verhältnis danach ab. Er fuhr zwar noch regelmäßig mit ihr in den Urlaub, nahm sie zu seinen Sportveranstaltungen und Siegesfeiern mit. Er bezeichnete sie auch noch weiterhin als „meine Frau", zog sich aber aus ihrem Haus zurück und übernachtete fast nur noch in seiner eigenen Wohnung. Er verbrachte immer weniger Freizeit mit ihr, sie kochten nur noch einmal in der Woche zusammen. Seit vier Jahren weigerte er sich, mit ihr zu schlafen, so sehr sie auch bettelte.

Im letzten Urlaub hatte sie einige massive Verführungsversuche gestartet, ja fast versucht, ihn zu vergewaltigen, soweit dies einer Frau möglich war. Sie war nackt zu ihm ins Bett gekrochen, hatte ihn überall geküsst, ihren Körper an seinen gepresst. Seine einzige Reaktion war, dass er sich wegdrehte und murmelte, sie solle ihn in Ruhe lassen. Helga ließ nicht locker, nahm seinen Penis in die Hand, rieb ihn. Er reagierte überhaupt nicht darauf, blieb klein und schlaff. Sie war genervt, gab aber trotzdem nicht auf: sie kroch unter die Bettdecke, nahm sein bestes Stück und versuchte alle Tricks, die sie in Frauenzeitschriften gelesen und in Pornos gesehen hatte. Das Ergebnis war ernüchternd: sein Körper reagierte überhaupt nicht auf sie.

Nach einer Viertelstunde wurde es ihm zu viel. Er schob sie weg, zog sich an und verschwand ohne ein weiteres Wort.

Am nächsten Morgen tauchte er zum Frühstück wieder auf, war sehr schweigsam.

Als sie versuchte, ihn auf die Ereignisse des vergangenen abends anzusprechen, sagte er nur: „Mach das nie wieder!"

So wütend hatte sie ihn noch nie erlebt. Nach dem Urlaub zog er sich noch weiter zurück, trennte sich aber nie offiziell von ihr.

Aufwachen

Die Teetasse war leer. Helga ging noch mal in die Küche. Diesmal machte sie sich allerdings keinen Tee mit Rum, sondern einen richtigen Rumgrog. Mittags bei der Arbeit hatte sie Tjark zuletzt gesehen. Es war Winter. Dann machte er keinen Sport mehr, sondern verschwand nach der Arbeit direkt zu seinen Freunden. Wo er übernachtete wusste sie nicht. Da er schon lange die Nächte in seiner Wohnung verbrachte, konnte sie nicht mehr kontrollieren, wann er nach Hause kam. Seine Verwandten, die ihm die Wohnung vermieteten und direkt neben ihm wohnten, hatten allerdings ihr gegenüber die Andeutung gemacht, dass er immer erst samstags im Laufe des Vormittags wieder nach Hause kam.

Hatte er eine Andere? Falls ja, war es schlimm für sie? Was war er eigentlich für sie? Hatte er sie jemals geliebt? Wahrscheinlich nicht. Falls doch, hatte er es ihr zumindest niemals gesagt.

Und sie selbst? Liebte sie ihn? Helga konnte die Frage nicht spontan mit ja beantworten. Hatte sie ihn jemals geliebt? Auch diese Frage konnte sie sich nicht beantworten. Er war attraktiv, sein Körper sprach sie an. Doch damals als sie hierher gekommen war...

Sie hatte es genossen, dass er viel Zeit für sie hatte, sie zusammen kochten und sie ihre Freizeit nicht allein verbringen musste. Als erfolgreicher Sportler tat er ihrem Ansehen in der Gesellschaft gut. Durch ihn hatte sie viele Menschen kennengelernt. Doch war sie diesen Menschen wichtig?

Wie würden sie darauf reagieren, wenn Helga ohne Tjark auftauchen würde? Wäre sie dann auch noch eingeladen? Eigene Freunde und Bekannte hatte sie nach so vielen Jahren hier kaum. Für fast alle war sie „die Frau von Tjark".

Einige Freundinnen hatte sie. Aber, wenn sie genauer darüber nachdachte, waren diese eigentlich auch nur in guten Zeiten da, vor allem wenn Tjark in der Nähe war. Als es Helga schlecht ging und sie Unterstützung brauchte, waren ihre Freundinnen nicht zu sehen. Was, außer ihrer Arbeit und dem Haus hielt sie eigentlich an diesem Ort?

Morgen war Freitag. Sie beschloss, direkt nach der Arbeit zu ihren Eltern zu fahren, die inzwischen in Kappeln lebten. Sie brauchte Abstand, musste nachdenken. Außerdem hatte sie noch eine Woche Resturlaub. Vielleicht sollte sie morgen einen Urlaubsantrag stellen und gleich die ganze Woche bei ihren Eltern bleiben.

Nein – dazu war der Urlaub zu schade. Es war Mitte November. Der Winter könnte lang und ekelhaft kalt werden. Vielleicht sollte sie den Urlaub besser dazu nutzen, für eine Woche in die Sonne zu fliegen, dort Energie tanken, über ihr Leben und vor allem über ihre Beziehung zu Tjark nachdenken.

Wiedersehen

Ihre Eltern freuten sich, als sie am Freitag Nachmittag überraschend vor der Tür stand. Selbstverständlich konnte sie im Gästezimmer übernachten.

Nach dem Kaffee druckste ihre Mutter ein bisschen herum: „Helga, du weißt ja – wir freuen uns immer, wenn du kommst. Aber an diesem Wochenende haben wir nicht viel Zeit für dich. Tante Hilde feiert morgen ihren 90. Geburtstag in Hamburg. Wir wollten eigentlich gleich mit dem Zug nach Hamburg fahren, denn wir haben für heute noch Konzertkarten. Es ist geplant, dass wir in Hamburg übernachten und erst Sonntag Abend zurück kommen. Wenn wir gewusst hätten... Wir hätten dir auch eine Einladung besorgen können... Aber Tjark hat sich ja nie für unsere Familie oder Kultur interessiert. Dem geht es ja nur um seinen Sport. Du kannst aber selbstverständlich hier übers Wochenende bleiben. Einen Wohnungsschlüssel hast du ja."

Helga holte tief Luft, wollte zu einer Erklärung ansetzen. Doch dann atmete sie erleichtert aus.

„Nein, alles ist in Ordnung. Genießt das Wochenende. Ich hatte nur die Nase voll von Stürmen und Sturmfluten an der Nordsee. Ich bin einfach hierhergekommen, um mich an der friedlichen Ostsee ein wenig von den Herbststürmen zu erholen. Außerdem will ich mich mit einer Freundin treffen – Mädelswochenende."

Das war zwar gelogen, aber ihre Eltern wussten zum Glück nicht, dass Helga keine Freundinnen hatte.

„Ach ja, Freundin", sagte ihre Mutter. „Ich habe am Montag deine Schulfreundin Verena getroffen. Sie hat mir ihre Visitenkarte gegeben und würde sich freuen, wenn du dich mal bei ihr meldest. Sie ist gerade mal für zwei Wochen in Deutschland."

Verena – das war wirklich mal eine interessante Neuigkeit. Während ihrer Schulzeit waren Verena und Helga die dicksten Freundinnen gewesen. Nach dem Abitur hatten die beiden zwei Semester Biologie studiert. Helga hatte dann als zweites Fach Chemie dazu genommen. Verena war das Studium Naturwissenschaften zu anstrengend gewesen. Außerdem waren ihr die Männer, die sich in diesem Bereich tummelten, zu langweilig.

Verena schmiss das Studium, wechselte in die Filmbranche. Der Kontakt riss ab. Das letzte, was Helga direkt von ihr hörte, war, dass sie zum Studium in die USA gegangen war. Danach hatte sie den Namen ihrer Freundin nur ab und an mal im Abspann eines Filmes gelesen. Verena schien ihre Ziele erreicht zu haben.

Innerhalb der nächsten halben Stunde waren ihre Eltern verschwunden. Helga machte es sich auf dem Sofa bequem und wählte neugierig Verenas Nummer. Nach dem zweiten Klingeln war ihre alte Freundin am Telefon. Die Stimme war unverändert. Es war, als hätten sie sich erst vor einer Woche gesehen. Die alte Vertrautheit war noch immer da.

Nach zwei Stunden schrie Verena entsetzt auf. „Oh Gott, ich habe die Zeit vergessen. Ich muss heute Abend noch auf eine stinklangweilige Party in der Nähe von Kappeln – Wittkielhof. Ich muss mich beeilen, damit ich mich noch aufbrezeln kann. Und hinfahren muss ich auch noch. Wie lange fährt man eigentlich von Flensburg nach Kappeln? Hast du eine Ahnung? Außerdem muss ich mir noch ein Hotel buchen. Ich habe keine Lust den ganzen Abend nur Softdrinks zu trinken, damit ich nachts noch zurück fahren kann. Und von meinen Vater abgeholt werden möchte ich nicht."

„Meine Eltern wohnen in Kappeln", sagte Helga spontan. „Sie sind am Wochenende nicht da. Du könntest hier übernachten."

War sie zu aufdringlich? Sie hatte Verena doch über zwanzig Jahre nicht mehr gesehen.

Verena war begeistert: „Was hast du denn heute Abend vor? Komm doch einfach mit. Ich habe noch eine zweite Eintrittskarte. Mein Mann ist in den USA, kommt dort nicht vom Dreh weg. Außerdem kann er Carlos, so heißt der Gastgeber, sowieso nicht leiden."

Was hatte sie zu verlieren? Helga sagte spontan zu. So würde sie sich nicht langweilen oder über ihre Beziehung nachgrübeln und nebenbei auch noch interessante Menschen kennenlernen. Wenn Sie Verena richtig verstanden hatte, würden sich auf der Party lauter Menschen aus der Filmbranche tummeln. Für Helga waren diese Leute bislang unerreichbar gewesen. Ein Traum, dass sie nun einfach durch Verenas Freundschaft eine Eintrittskarte ergattert hatte.

In zwei Stunden würde Verena sie abholen. Was sollte sie anziehen? Helga hatte sich auf ein ruhiges Wochenende eingerichtet, an dem sie nur ihre Eltern sehen oder vielleicht an der Schlei spazieren gehen würde. Dementsprechend hatte sie nur bequeme Freizeitklamotten mitgenommen.

Also los – sie musste versuchen, passende Kleidung zu kaufen. In einer kleinen Boutique wurde sie glücklicherweise schnell fündig: auf den ersten Blick verliebte sie sich in ein grünes Kleid aus einem wunderbar fließenden Stoff, das ihre Figur umspielte. Die Farbe passte hervorragend zu ihren Augen. Im Schuhgeschäft nebenan fand sie Riemchensandalen, die perfekt zu dem Kleid passten.

Keine Minute zu früh war sie fertig. Nachdem sie gerade den Lippenstift aufgelegt hatte, Kleidung, Frisur und Make Up noch einmal kontrollierte, klingelte es schon an der Haustür. Als sie öffnete, erkannte sie ihre alte Freundin Verena sofort wieder.

„Du hast dich kein bisschen verändert, bist überhaupt nicht älter geworden", rutschte es Helga spontan heraus.

Verena lachte: „Dieses Kompliment kann ich dir direkt zurück geben. Du siehst zauberhaft aus. Die Männer werden dich umkreisen, wie die Bienen den Honig. Und ich hoffe, dass Carlos so von dir geblendet ist, dass er mich endlich mal in Ruhe lässt."

Helga zuckte zusammen: „Ist unser Gastgeber so ein widerlicher Typ?"

Verena sah sie ernst an: „Nein, die meisten Frauen stehen auf ihn, allerdings konnte ihn bisher noch keine einfangen. Er ist ein Casanova und Herzensbrecher. An mir scheint er allerdings Gefallen gefunden zu haben. Er will einfach nicht akzeptieren, dass er nicht mein Typ ist und ich darüber hinaus schon seit fast 20 Jahren glücklich mit Mike verheiratet bin. Zu seiner Entlastung muss ich vielleicht sagen, dass das in Amerikas Filmbranche äußerst ungewöhnlich ist. Vielleicht will Carlos es deshalb nicht glauben. Aber komm, nun lass uns losfahren, wenn du fertig bist."

Helga nickte, nahm ihre Sachen und stieg zu Verena ins Auto.

Sie war neugierig und fragte nach: „Du Verena, sag mal. Was macht dieser Carlos eigentlich? Arbeitet er auch in den USA im Filmgeschäft?"

„Ja und nein", antwortete Verena. „Er ist Regisseur, dreht Naturfilme und Reiseberichte. Einen Teil davon verkauft er an Sender in den USA, die meisten seiner Produktionen werden aber in Europa gesendet. Es ist schon eine merkwürdige Mischung, auf die er sich als Regisseur spezialisiert hat. Du hast wahrscheinlich noch nichts von ihm gesehen, sonst würdest du seinen Namen wohl kennen."

Helga kam sich auf einmal so dumm und ungebildet vor. Verena merkte es sofort.

„Mach dir nichts draus", sagt sie. „Er ist in einem Genre unterwegs, dass meist nur von Leuten, die mindestens so alt wie unsere Eltern oder noch älter sind, im Fernsehen angeschaut wird. Unsereins würde nie auf die Idee kommen, sich vormittags vor den Fernseher zu setzen, um seine Sendungen anzuschauen. Aber glaube mir: Wenn du seine Filme einmal gesehen hast, bist du so gefesselt, dass du alle sehen willst."

Helgas Augen leuchteten auf. Das klang spannend. Verena bemerkte es.

„Wenn dich der Kerl interessiert, ist es umso besser, wenn du nichts über ihn weißt. Er hat Frauen an jedem Finger seiner Hand, geht ab und zu mit einer aus und ganz sicher noch mit viel mehr von ihnen ins Bett. Es ist mir aber nicht bekannt, dass er bisher mal mit einer Frau eine längere Beziehung hatte. Ich glaube der Typ ist ein Jäger, der seine Beute erobern will. Frauen, die ihn anhimmeln und ihm wie die Hündchen hinterherlaufen sind ihm zu langweilig und uninteressant für ihn. Deshalb ist er ja seit Jahren hinter mit her und baggert mich auch dann an, wenn mein Mann dabei ist. Also gib einfach die kühle Schönheit. Und wo wir schon beim Thema sind, was macht eigentlich dein Liebesleben?"

Tränen schossen Helga in die Augen.

Verena reagierte sofort: „Oh Mist, ich Trampel. Themawechsel. Denk nicht daran, sondern freu dich auf den schönen Abend. Wenn wir jetzt darüber reden, fängst du noch an zu heulen und dein Make Up verläuft. Das wäre schade, denn du siehst zauberhaft aus. Heulsusen wird es auf dieser Party schon reichlich geben. Es sind immer Mädels da, die bei Carlos nicht landen können und versuchen, ihn mit Tränen in der Öffentlichkeit weichzukochen. In diese Truppe musst du dich nicht einreihen, das hast du nun wirklich nicht nötig."

Die harten aber freundlich gemeinten Worte ihrer Freundin taten Helga gut. Die Tränen versiegten augenblicklich und sie lachte wieder. In diesem Moment stoppte Verena das Auto.

„So, wenn ich mich nicht völlig verfahren habe, sind wir da."

Kennenlernen

Sie standen auf einem alten Gutshof. Das Herrenhaus war zu beiden Seiten von Scheunen flankiert. Eine davon war hell erleuchtet.

„Irre", sagte Helga. „Meine Eltern hatten mir ja schon mal erzählt, dass es hier auf Wittkielhof eine Scheune gibt, die zu einem Veranstaltungsort ausgebaut worden ist. Aber, dass es so ein schöner Ort ist, hätte ich nie gedacht."

„Na, dann stürzen wir uns mal ins Partygetümmel", sagte Verena. „Der Parkplatz sieht so aus, als könne man das Auto hier über Nacht stehen lassen. Wenn du mich morgen nach dem Ausschlafen wieder zu meinem Auto fährst, können wir beide Schampus trinken und irgendwann mit einem Taxi nach Hause fahren."

Als sie die Scheune betraten, hielt Helga die Luft an. Lauter gut gekleidete, gut aussehende Menschen waren hier zusammengekommen. Das war doch eine ganz andere Liga, als die Sportveranstaltungen und Siegesfeiern, die sie immer mit Tjark besucht hatte. Wie gern wollte sie hier dazugehören.

Verena reichte ihr ein Glas Sekt und prostete ihr zu.

„Hier, nimm erst einmal einen Schluck, um dir Mut anzutrinken. Ich war auch starr vor Staunen, als ich zum ersten Mal eine solche Veranstaltung besucht habe. Zuerst stelle ich dich dem Gastgeber vor und dann mache ich dich mit den Anderen bekannt."

Nachdem sie beide das Glas Sekt ziemlich schnell geleert hatten, nahm Verena Helga bei der Hand und zog sie hinter sich her.

Vor einem großen dunkelhaarigen Mann, der ihnen den Rücken zudrehte, blieb Verena stehen. Soweit Helga es von hinten erkennen konnte, war er gut gebaut. Sein Körper wirkte von hinten sehr sportlich.

Verena tippte ihm auf die Schulter: „Hey Carlos, ich finde es nicht nett, dass du deiner Lieblingsfrau den Rücken zudrehst."

Als er sich umdrehte und Verena mit einem strahlenden Lächeln bedachte, blieb Helga fast vor Schreck das Herz stehen. Er war braungebrannt, hatte dunkle Haare und braune Augen. Das war der Mann, von dem sie vor Kurzem geträumt hatte.

„Verena, schön, dass du trotz deines immer vollen Terminkalenders gekommen bist."

Als sie seine Stimme hörte, war Helga der Ohnmacht nahe. Ihre Knie zitterten. Es war die Stimme des Mannes, von dem sie geträumt hatte. Könnte das wahr sein, oder träumte sie schon wieder?

Er wandte sich ihr zu: „Du bist plötzlich so blass, geht es dir nicht gut?"

Bevor Helga reagieren konnte, schaltete Verena sich ein: „Carlos, darf ich dir meine Freundin Helga vorstellen? Wir kennen uns schon seit der Schulzeit. Da Mike keine Zeit hatte mitzukommen und ich heute bei Helga übernachte, habe ich sie einfach als meine Begleitung mitgebracht. Ich hoffe, das ist dir recht."

Nun wurde Carlos etwas blass um die Nase.

Verena bemerkte lachend: „Oh, mach dir keine Gedanken. Wir kennen uns beide seit der Schulzeit, sind gute Freundinnen und beide sowas von heterosexuell."

Auch Helga bemerkte, dass Carlos erleichtert aufatmete. Er musterte sie interessiert, seine Pupillen weiteten sich dabei unmerklich. Doch auch Verena schien dies zu sehen.

„Ich freue mich, zwei so wunderschöne Frauen auf meiner Feier zu sehen."

Er nahm einem vorbeikommenden Kellner drei Gläser Sekt ab, reichte den Frauen je ein Glas und prostete ihnen zu.

„Auf die beiden wunderschönen Frauen, die hier vor mir stehen und meine Party bereichern."

Nachdem sie alle einen Schluck getrunken hatten, fuhr er fort: „Verena, warum hast du deine wunderschöne Freundin so lange vor mir versteckt?"

Bevor Verena antworten konnte, wandte er sich Helga zu: „Lebst du auch in den USA? Ich habe dich da noch nie auf einer Veranstaltung gesehen."

Helga schüttelte den Kopf: „Nein, ich bin Biologin und Chemikerin. Ich lebe und arbeite hier in Norddeutschland."

Bevor sie weitersprechen konnte, kamen neue Gäste auf Carlos zu und wollten begrüßt werden.

Verena nahm Helga am Arm: „Danke für die Einladung, Carlos. Wir sprechen später vielleicht noch miteinander. Ich stelle Helga mal die anderen Gäste vor."

Carlos nickte. Helga hatte fast den Eindruck, als läge Bedauern in seinem Blick, als Verena sie von Carlos fortzog. Verena brachte sie in eine Ecke, in der sie sich kurz ungestört und vor allem auch ungehört, unterhalten konnten.

„Na, du scheinst ja perfekt in Carlos Beuteschema zu passen. Seinem Blick nach hätte er dich am liebsten sofort auf der Stelle vernascht... Wenn du mehr willst als nur eine Nacht mit ihm, halte dich erst einmal ein bisschen bedeckt und spiel die spröde Schöne. Dann hast du ihn bald an der Angel. Und noch eine gute Nachricht: Er gehört zu den Männern, denen Intelligenz mindestens so wichtig ist, wie gutes Aussehen, eher noch wichtiger."

Verena zögerte kurz, bevor sie weitersprach: „Aber – wenn ich das fragen darf: Warum bist du so blass geworden, als du ihn gesehen hast? Ich dachte schon, du kippst mit hier vor allen Leuten um."

Helga sah sich kurz um, prüfte, ob niemand zuhören könnte. Dann erzählte sie Verena schnell in kurzen Worten von ihrer derzeitigen Partnerschaft und etwas ausführlicher von ihrem Traum.

Verena pfiff leise durch die Zähne. „Das ist ja mal spannend. Ich habe eine Bekannte, die würde jetzt sagen, das ist Vorhersehen und ihr seid vom

Universum füreinander bestimmt. Wenn Carlos dich interessiert, hör auf meinen Rat und lass ihn nicht zu schnell an dich ran. Er muss einige Zeit lang zappeln, damit du interessant für ihn bleibst. Schließlich will er Frauen erobern."

Sie nahm Helga wieder am Arm. „So, und nun stelle ich dich den anderen Gästen vor. Und keine Angst, du musst dir nicht alle Namen merken. Wenn ich denke, dass jemand für dich so wichtig ist, dass du den Namen auch nach dieser Veranstaltung noch kennen solltest, drücke ich bei der Vorstellung deinen Arm etwas kräftiger."

Helga ließ sich von Verena führen, lernte viele Menschen kennen, deren Namen sie vom Abspann zahlreicher Filme kannte, oder die sie auch schon auf der Leinwand gesehen hatte. Doch je mehr Berühmtheiten ihr vorgestellt wurden, umso mehr entspannte Helga sich. Es waren alles Menschen aus Fleisch und Blut, die sich ganz normal mit ihr unterhielten und zu später Stunde auch mit ihr tanzten. Helga genoss die Party.

Carlos gesellte sich auch einige Male zu ihr, um sich mit ihr zu unterhalten. Helga erzählte hauptsächlich von ihrem Beruf und ihrer alten Freundschaft mit Verena. In andere Bereiche ihres Lebens ließ sie ihn nicht blicken, was ihn nur noch neugieriger machte. Doch er bekam keine Gelegenheit nachzubohren, denn meist kam nach kurzer Zeit irgendeine Schönheit mit verliebtem Blick und zerrte Carlos von Helga fort.

Einerseits bedauerte Helga das, doch wenn sie an die Empfehlung von Verena dachte, war es ihr nur recht.

Sie wollte diesen Mann, das wusste sie schon nach dieser kurzen Zeit. Doch wie sollte sie es anstellen, dass sie auch nach dieser Veranstaltung weiter mit ihm in Kontakt blieb? Dann kam Verena auf sie zu.

„Es ist schon hell und ich bin müde. Können wir zu dir fahren? Das Taxi ist schon bestellt, es müsste gleich da sein."

Helga schaute aus dem Fenster. Tatsächlich – sie hatte auf dieser eindrucksvollen Veranstaltung die Zeit einfach vergessen.

Sie verabschiedeten sich ganz kurz von Carlos. Bevor ein Gespräch zwischen Helga und Carlos beginnen könnte, zerrte Verena sie weg und bugsierte Helga in das Taxi. Helga wollte protestieren, doch Verena brachte sie schnell zum Schweigen.

„Ich weiß, was du sagen willst, meine Liebe. Doch heute Abend würden wir deswegen nur streiten. Ich bin müde. Lass uns schlafen gehen und morgen beim Frühstück darüber reden."

Dann schwiegen sie sich für den Rest der Fahrt an. Helga wusste nicht so recht, was sie von dem Verhalten ihrer Freundin halten sollte, nahm sie aber trotzdem mit in die Wohnung ihrer Eltern und machte ihr das Gästebett, während sie selbst auf dem Sofa schlief.

Als Helga am nächsten Morgen aufwachte, war ihre Freundin schon längst aufgestanden. Verena hatte eingekauft, Kaffee gekocht und den Frühstückstisch gedeckt.

„Hallo du Schlafmütze", begrüßte sie Helga, als diese in die Küche kam. „War es so anstrengend, den ganzen Abend mit lauter VIPs zu verbringen?"

Helga wollte antworten, doch Verena drückte ihr lachend einen Becher voll Kaffee in die Hand.

„Hier, nimm erstmal einen Kaffee zum Wachwerden. Nebenbei erkläre ich dir, warum ich dich gestern so überstürzt von Carlos weggeschleppt habe, bevor ihr eure Telefonnummern austauschen konntet."

„Kein feiner Zug von dir", murmelte Helga.

„Doch, ich habe dir damit einen Gefallen getan", antwortete Verena. „Wenn er schon am ersten Tag deine Telefonnummer bekommen hätte, wärst du langweilig für ihn gewesen und er hätte sich niemals bei dir gemeldet. Und wenn du ihn dann angerufen hättest, wärst du auch in die Schublade der zahlreichen Frauen, die ihm hinterherlaufen, einsortiert worden und er hätte dich höchstens mal aus Langeweile für eine Nacht in sein Bett gelassen. So ist sein Jagdinstinkt geweckt und er wird alles daran setzen, dich wiederzusehen. Lass ihn nur nicht zu schnell ans Ziel kommen. Und sei sicher, da er weiß, dass wir befreundet sind, wird er – sofern er nicht auf anderen Wegen an dich rankommt – im Notfall mich um deine Telefonnummer fragen. Das würde ihm allerdings schwerfallen, denn dann müsste er ja mir gegenüber zugeben, dass er an dir interessiert ist und meine Hilfe braucht, weil er anders nicht zum Ziel kommt. Du musst jetzt nur noch Geduld haben."

Geduld – das sagte sich so leicht bei einem so interessanten Mann. Helga wollte ihn lieber heute als morgen wiedersehen.

Sie frühstückten lange, redeten über Gott und die Welt, erzählten sich, wie es ihnen ergangen war in der langen Zeit, in der sie keinen Kontakt hatten.

Es wurde schon dunkel, als Helga Verena zu ihrem Auto brachte. Als sie sich voneinander verabschiedeten, drückte Verena Helga ihre Visitenkarte in die Hand.

„Hier, melde dich mal wieder. Nochmal 20 Jahre Funkstille ertrage ich nicht. Außerdem möchte ich Trauzeugin sein, wenn du und Carlos heiratet."

Helga sah ihre alte Schulfreundin völlig perplex an. Verena lächelte nur.

„Sei sicher: Carlos hat Feuer gefangen. Und dein Traum sagt, dass ihr vom Schicksal füreinander bestimmt seid. Du musst nun nur noch etwas Geduld haben. Und schicke mir bei Gelegenheit mal deine Telefonnummer, damit ich sie an Carlos weitergeben kann, wenn er tatsächlich auf meine Hilfe angewiesen sein sollte, um dich zu finden. Ich glaube aber nicht, dass er es nötig haben wird. Machs gut und bis bald wieder!"

Mit diesen Worten fuhr Verena lachend davon.

Helga sah ihr noch eine Weile lang irritiert nach, bevor sie sich ins Auto setzte und zum Haus ihrer Eltern zurückfuhr. Sie war aufgewühlt, konnte kaum einen klaren Gedanken fassen. Fast hätte sie noch einen Unfall verursacht, weil sie einem anderen

Auto die Vorfahrt nahm. Zum Glück war der andere Autofahrer achtsamer und konnte rechtzeitig bremsen.

Abends ging sie in ein kleines Restaurant am Hafen, um dort Fisch zu essen. Sie dachte über das Erlebte und ihre Beziehung zu Tjark nach. Fühlte sie sich noch als seine Frau? Wohl kaum.

In der Nacht träumte sie wieder von Carlos. Sie gingen Hand in Hand am Strand spazieren. Wo war es? Deutschland konnte es nicht sein, denn es wuchsen Palmen am Strand. Sie badeten im warmen, glasklaren Wasser einer Lagune. Danach schliefen sie am Strand miteinander. Dann verschwanden die Bilder, Helga wachte auf. Der Traum war wunderschön. Würde er Realität werden? Würde sie Carlos überhaupt Wiedersehen? Es dauerte lange, bis sie wieder einschlafen konnte.

Sofort waren die Traumbilder wieder da. Sie sah Tjark, er winkte ihr zu. Im Arm hielt er eine andere Frau. Er sei glücklich, dass sie endlich einen Mann gefunden habe, der zu ihr passt, hörte sie ihn sagen. Nun, da sie endlich eigene Wege mit dem für sie richtigen Partner ginge, könne er sich auch endlich zu seiner Liebe bekennen, die er jahrelang versteckt habe, um Helga nicht zu verletzen.

Das Bild verschwand. Helga sah sich in einem Restaurant am Meer sitzen. Sie hörte das Meeresrauschen, sah Carlos, der ihr gegenüber saß und sie anlächelte. Sie waren irgendwo im Süden, Palmen standen um sie herum, der Wind war warm. Die Kanaren – dachte Helga kurz, denn sie aßen gegrillten Thunfisch mit Salzkartoffeln und Mojo. Ein typisches Essen der Kanaren.

Dazu tranken sie einen schweren Rotwein. Sie unterhielten sich angeregt, doch Helga konnte im Traum nicht erkennen, worum es in dem Gespräch ging.

Danach wurde der Nachtisch gebracht, Creme Catalan. Dann kniete Carlos vor ihr und plötzlich war der Ton wieder da. Helga hörte, wie Carlos ihr einen Heiratsantrag machte. Ihre eigene Antwort bekam Helga leider nicht mehr mit, denn sie erwachte aus ihrem schönen Traum.

Sie benötigte erst einmal einige Zeit, um sich zu orientieren.

Es war schon hell, die Sonne schien ihr ins Gesicht. Sie war im Gästezimmer ihrer Eltern. Richtig – vorletzte Nacht hatte sie ihre alte Schulfreundin Verena wiedergetroffen und war zusammen mit ihr auf einer Party gewesen, wo sie Carlos kennengelernt hatte. Doch wie konnte sie ihn wiederfinden? Sie wusste nicht wo er wohnte, hatte keine Telefonnummer von ihm. Und als der bekannte Regisseur der er war, würden seine Adresse und seine Telefonnummer sicherlich nicht in einem Telefonbuch stehen, wo ihn jeder finden und dann belästigen könne. Außerdem wusste Helga nicht, ob er überhaupt in Deutschland lebte. Im Ausland würde er noch schwerer zu finden sein.

Doch dann erinnerte sie sich an Verenas Worte. Sie solle nicht nach ihm suchen. Er würde sie finden und Kontakt zu ihr aufnehmen.

Helga stand auf, frühstückte ausgiebig und machte dann einen langen Spaziergang an der Schlei. Am späten Nachmittag fuhr sie, ohne auf ihre Eltern zu warten, die erst am Abend zurückkehren wollten, zurück in ihr Haus.

Dort angekommen, packte sie schnell ihre Sachen aus. Weil sie wegen der aufregenden Geschehnisse am Wochenende keine Ruhe fand, fuhr sie zu Tjark. Sie wollte mit ihm reden, nicht alleine sein. Vielleicht könnten sie gemeinsam essen gehen oder etwas Schönes kochen. Er schien überhaupt nicht bemerkt zu haben, dass sie einige Tage weg gewesen war. Als sie bei ihm ankam, hatte er Besuch von seinen Freunden. Die Männer machten ihr schnell unmissverständlich klar, dass sie unerwünscht war, da sie Männergespräche mit Tjark führen wollten, wobei sie nur stören würde.

Enttäuscht machte Helga sich auf den Weg zurück nach Hause.

Am nächsten Tag traf sie Tjark bei der Arbeit. Er fragte sie nicht, wie sie ihr Wochenende verbracht hatte. Es schien ihm egal zu sein. Als Helga von sich aus begann, von dem Wochenende zu erzählen, vertiefte er sich in seine Arbeit.

Helga dachte jeden Tag an Carlos, träumte fast jede Nacht von ihm. Doch er meldete sich einfach nicht bei ihr.

Trotzdem vernachlässigte sie den Kontakt zu Tjark. Hatte er früher noch immer versucht, den Kontakt zu ihr aufzunehmen, war es ihr jetzt mehr oder weniger egal, dass er sie ignorierte.

Als Tjark sie eines Tages daran erinnerte, das die Sportsaison Mitte März wieder eröffnet werden würde, zuckte sie nur mit den Schultern. Als er sie fragte, ob sie gemeinsam mit ihm zur Eröffnungsveranstaltung fahren und abends am Essen teilnehmen würde, sagte sie ohne Freude zu. Ein wenig wunderte sie sich dabei über sich selbst. Früher war es ihr immer wichtig gewesen, neben Tjark im Rampenlicht zu stehen. Doch nachdem Verena sie zu dem rauschenden Fest der Filmleute mitgenommen hatte, waren Helga die langweiligen Veranstaltungen der Sportler egal.

Sie hatte viele interessante Menschen kennengelernt. Wenn Carlos sich doch endlich bei ihr melden würde...

Weihnachten kam und ging, das neue Jahr begann. Die Feiertage hatte sie irgendwie mit Tjark in scheinbarer Normalität begangen. Zu Silvester hatte sie die Hoffnung auf Carlos begraben, sich aber trotzdem für das neue Jahr große Veränderungen und ein interessantes Leben gewünscht. In der zweiten Januarwoche packte sie gerade ihre Reisetasche, weil sie einige Tage bei Tierzählungen auf Helgoland unterstützen sollte, als ihr dienstliches Handy abends klingelte.

Die Stimme, die sie dann hörte, ließ ihr Herz höher schlagen.

„Hallo, ich bin's Carlos. Ich habe leider einige Zeit gebraucht, bis ich deine Telefonnummer rausbekommen habe. Verena wollte ich nicht fragen. Ich hatte auf der Party den Eindruck, dass sie ziemlich eifersüchtig auf dich war. Sie hat dich so schnell ins Taxi geschleppt, als ich dich beim Abschied nach deiner Telefonnummer fragen wollte."

Helga schlug das Herz bis zum Hals.

„Ich drehe morgen und übermorgen in St. Peter Ording", hörte sie Carlos Stimme. „Und da wollte ich dich fragen, ob du Lust hast nach dem Dreh mit mir Essen zu gehen?"

Oh nein, ausgerechnet jetzt – dachte Helga und überlegte, ob sie es riskieren könne, sich krank zu melden, um Carlos doch zu treffen. Doch schnell setzte ihr Verstand wieder ein. Es ging nicht. Die Wahrscheinlichkeit, dass sie in St. Peter Ording auf Bekannte oder sogar Arbeitskollegen treffen könne, war einfach zu hoch.

Schweren Herzens sagte sie ab: „Tut mir leid Carlos, ich würde gerne mit dir essen gehen, aber ich muss in den nächsten Tagen auf Helgoland arbeiten und übernachte auch dort. Den Termin kann ich leider nicht absagen oder verschieben. Vielleicht können wir uns in der nächsten Woche treffen?"

Helga hoffte, das Carlos zusagen würde, doch sie wurde enttäuscht.

„Das geht nicht, da drehe ich auf Island", hörte sie Carlos Stimme. „Aber ich werden mir was einfallen lassen. Ich melde mich."

Bevor Helga noch etwas antworten konnte, hatte er schon aufgelegt. Sie war wütend auf sich und ihren Job. Schließlich hatte sie gerade eine einmalige Chance verpasst.

Als Tjark kurz danach bei ihr anrief, um sie für den Abend zum Essen einzuladen, ließ Helga ihre Wut an ihm aus. Kurz danach ging sie ins Bett und schlief schnell erschöpft ein. In der Nacht träumte sie wieder von Carlos. Sie saßen zusammen in einem Restaurant auf dem Helgoländer Oberland, aßen Fisch, tranken Weißwein und beobachtenden den Sonnenuntergang über dem Meer.

„Ich liebe dich", hörte sie Carlos Stimme. Dann klingelte der Wecker.

Schlecht gelaunt machte Helga sich auf den Weg zum Schiff, das sie und ihre Kollegen nach Helgoland bringen sollte. Zum Glück hatte Tjark Dienst auf dem Festland und war nicht dabei. Sie hätte es nicht ertragen, ihn in ihrer Nähe zu haben, während Carlos so nah und doch so fern war.

Mechanisch führte sie die Zählungen durch. Zum ersten Mal, seit sie diese Stelle angetreten hatte, machte ihr die Arbeit keinen Spaß. Dabei hatte sie sich doch freiwillig für den Einsatz auf Helgoland gemeldet. Aber da konnte sie noch nicht wissen, dass Carlos zu genau diesem Zeitpunkt in St. Peter Ording sein würde und sie treffen wollte.

Abends gingen die Kollegen, – wie immer bei solchen Einsätzen – gemeinsam essen. Helga hatte keine Lust, sagte ihnen sie sei zu müde und verzog sich auf ihr Zimmer.

Wenig später klingelte ihr Telefon. Helga überlegte, ob sie überhaupt rangehen sollte, aber dann war sie doch zu neugierig. Als sie Carlos Stimme hörte, beschleunigte sich ihr Herzschlag.

„Ich habe gerade eine Portion Knieper bestellt. Sie reicht für zwei. Wenn du also mitessen möchtest..."

Helga lachte bedrückt auf. Er wusste doch, dass sie auf Helgoland war. Wie sollte sie so schnell nach St. Peter Ording kommen?

„Sei in einer Viertelstunde im Störtebeker auf dem Oberland. Dann wird das Essen serviert."

Dann legte er auf.

Hatte sie richtig gehört? Carlos drehte doch in St. Peter Ording. Egal! Schnell zog sie sich an, bürstete ihr Haar und hoffte einigermaßen ansehnlich zu sein. Dreizehn Minuten später war sie im Störtebeker und schaute sich um. Sofort entdeckte sie ihn. Carlos saß an einem Tisch am Fenster und schaute sie erwartungsvoll an...

Helga hatte das Gefühl zu schweben, als sie auf ihn zuging. Wahrscheinlich war es alles nur ein Traum.

Carlos umarmte sie zur Begrüßung, küsste sie auf beide Wangen. Das war kein Traum.

„Schön, dass du kommen konntest. Ich habe dich vermisst. Setz dich."

Er rückte ihr den Stuhl zurecht.

„Magst du Champagner?"

Helga konnte nichts sagen, nickte nur. Carlos bestellte Champagner, der zeitgleich mit einer riesigen Schüssel Knieper gebracht wurde. Helga war begeistert, sie liebte beides. Tjark hatte sich dafür nie erwärmen können. Carlos schenkte den Champagner ein, prostete ihr zu.

Sie tranken, aßen und redeten. Carlos erzählte von seiner Arbeit als Regisseur, fragte nach ihrer Arbeit. Besonders ihre Tätigkeit als Biologin schien ihn zu interessieren.

Viel zu schnell war der Abend vorbei. Sie waren die letzten Gäste, der Wirt wollte schließen. Helga überlegte kurz, ob sie Carlos anbieten sollte, mit ihr aufs Zimmer zu kommen, doch dann verwarf sie den Gedanken schnell. Es war schon nach Mitternacht und sie musste um fünf Uhr wieder aufstehen. Der Arbeitstag würde mit so wenig Schlaf ohnehin hart genug werden. Sie hatte das Gefühl, dass sie in dieser Nacht nicht komplett auf Schlaf verzichten könnte.

„Ich bringe dich noch zu deiner Unterkunft und dann gehe ich in mein Hotel", hörte sie Carlos sagen. „Bitte nimm es mir nicht übel, dass ich heute Abend nicht noch mehr mit dir unternehme, doch ich muss früh aufstehen. Morgen früh um sieben geht der Flieger aufs Festland. Und beim Dreh muss ich fit sein, da kann ich mir keine Müdigkeit leisten."

Helga war froh darüber, dass Carlos ihr die Entscheidung abgenommen hatte.

„Es war ein wunderschöner Abend", sagte sie, als sie vor der Tür ihrer Unterkunft angekommen waren. „Herzlichen Dank dafür. Ich habe es sehr genossen."

Carlos umarmte sie. „Ich hoffe, wir können das mal wiederholen", flüsterte er ihr ins Ohr.

Dann küsste er sie sanft auf den Mund, drehte sich um und ging ohne ein weiteres Wort.

Verwirrt schaute Helga ihm noch einige Minuten lang nach, bevor sie auf ihr Zimmer ging. Dann wurde ihr bewusst, dass sie trotz des schönen Abends noch immer keine Adresse oder Telefonnummer von ihm hatte. Das Warten würde also weitergehen, denn bei seinen Anrufen war die Rufnummer im Display stets unterdrückt gewesen.

Müde machte sie sich am nächsten Tag an die Arbeit, doch die Arbeit machte ihr wieder großen Spaß und die Müdigkeit verflog schnell. Manchmal schaute sie in Richtung Osten über das Meer, stellte sich vor, wie Carlos am Strand von St. Peter Ording stand und dort seinen neuesten Film drehte.

Als sie wieder nach Hause kam, fand sie einen adressierten Brief in ihrem Briefkasten. Die Handschrift kannte sie nicht. Sie öffnete den Brief sofort. Ein Foto fiel ihr entgegen, mehr nicht, keine Nachricht. Neugierig sah sie das Foto an. Wasser und Berge. Wenn sie sich bei der Interpretation der Formen nicht täuschte, waren es Vulkane, die sie auf dem Foto sah.

Sie drehte das Foto um und fand dort eine kurze Nachricht: „Ich mache mich jetzt auf den Weg zur Insel der heißen Quellen und der Vulkane. Carlos."

Dazu eine Handynummer. Helga probierte sie sofort aus, doch es sprang gleich die Mailbox an. Resigniert legte sie auf.

Dann schrieb sie eine SMS: „Bin wieder zuhause und wünsche dir gutes Gelingen beim Dreh auf Island."

Helga ging früh ins Bett, schlief sofort tief und traumlos ein. Übers Wochenende fuhr sie wieder zu ihren Eltern nach Kappeln. Sie hatte keine Lust Tjark am Wochenende zu treffen. Kaum war sie bei ihren Eltern angekommen, rief Verena an.

„Ich habe so lange nichts mehr von dir gehört. Hast du Lust dich irgendwo mit mir zu treffen?"

Helga antwortete, dass sie bei ihren Eltern in Kappeln sei.

„Oh, das klingt gut. Wenn du magst, komme ich dich besuchen und lade dich zum Essen ein. Morgen fliege ich wieder in die USA."

Der letzte Satz gab den Ausschlag für Helgas Entscheidung. Zu lange hatte sie die Freundin nicht gesehen. Nun wollte sie Verena wenigstens noch einmal treffen, bevor sie wieder auf unbestimmte Zeit in die USA verschwand.

Zwei Stunden später holte Verena Helga im Hause ihrer Eltern ab. Die Freundinnen gingen erst schweigend eine Zeit lang an der Schlei spazieren. Es war wie in der Schulzeit, als sie Stunden schweigend nebeneinander verbringen konnten und sich dabei so unendlich nahe waren.

Wieder am Hafen von Kappeln angekommen, wählte Verena ein Restaurant aus.

„Du bist selbstverständlich eingeladen", sagte Verena, als sie die hochpreisige Speisekarte studierten. „Ich freue mich so, dass wir uns endlich wiedergefunden haben und noch immer so vertraut miteinander sind wie in der Schulzeit und den Tagen unseres gemeinsamen Studiums. Ich habe nur schnell gemerkt, dass Biologie nicht meins ist."

„Ich liebe dieses Fach noch immer", sagte Helga.

Und während sie dies sagte, wurde ihr schmerzhaft bewusst, dass sie seit vielen Jahren nicht mehr so richtig in diesem Bereich arbeitete.

Alles war zur Routine geworden. Sie führte Touristen , betete ihre Texte während der Führungen herunter und sah eigentlich nichts Neues während ihrer Arbeit. Und das schon seit vielen Jahren nicht mehr.

Mit Tjark konnte sie nicht darüber sprechen. Für ihn war die Arbeit nur das Mittel, den Lebensunterhalt zu verdienen und Geld für sein Hobby, den Sport, zu verdienen. Für Helga hingegen hatte Beruf etwas mit Berufung zu tun.

„Du bist so schweigsam und siehst traurig aus", hörte sie Verenas Stimme wie aus dem Nebel. „Habe ich was Falsches gesagt?"

Langsam, ganz langsam kehrte Helga aus ihren Gedanken wieder in das Hier und Jetzt zurück.

„Nein, alles in Ordnung. Du hast mich nur darauf gebracht, dass ich seit vielen Jahren nicht mehr richtig als Biologin arbeite. Und das macht mich traurig. Außerdem ist mir gerade klar geworden, dass ich einen Mann habe, der sich nicht im Geringsten für meinen Beruf und meine Arbeit interessiert. Und das, obwohl wir beide bei dem selben Arbeitgeber arbeiten."

In diesem Moment wurde der Prosecco als Aperitif gebracht. Verena prostete Helga zu.

„Wir haben uns zwar lange nicht mehr gesehen, aber du bist noch immer meine beste Freundin. Wenn du darüber reden möchtest: Ich habe immer ein offenes Ohr und höre dir zu. Und das gilt nicht nur für heute, sondern auch, wenn ich wieder bei meinem Mann in den USA bin. Du kannst mich zu jeder Tages- und Nachtzeit anrufen, wann immer dir danach ist."

Helga atmete erleichtert auf: „Danke. Jetzt merke ich erst, wie sehr mir das gefehlt hat. Ich habe eigentlich gar keine richtigen Freunde mehr. Alle Leute, die ich kenne, sind entweder Arbeitskollegen oder Bekannte und Freunde von Tjark, die mich akzeptieren, weil er mich mitbringt. Aber Leute, die nur mal um meinetwegen bei mir zum Quatschen vorbeikommen, gibt es nicht. Und wenn ich mal nicht mit Tjark zu Geburtstagsfeiern oder anderen Veranstaltungen mitgehe, scheint mich auch Niemand zu vermissen."

Verena schüttelte den Kopf: „Wie konntest du das nur so lange aushalten?"

„Ich weiß es nicht", sagte Helga. „Aber es ist mir nie so bewusst geworden, wie heute. Vermutlich liegt es daran, dass ich nie Jemanden zum Reden hatte und auch in den letzten Jahren nichts Außergewöhnliches mehr erlebt habe. Die Feier, zu der du mich mitgenommen hast, hat mir erst wieder gezeigt, was für interessante Menschen und Gesprächsthemen es doch gibt."

„Ach ja – Gesprächsthema...", lachte Verena. „Ich bin ja eigentlich nicht neugierig – aber ... Hat Carlos sich inzwischen mal bei dir gemeldet?"

Und so erzählte Helga ihrer Freundin begeistert von dem Treffen mit Carlos auf Helgoland und davon, wie gut es ihr getan hatte. Beim Nachtisch unterbrach Verena den Redeschwall ihrer Freundin.

„Na, Carlos scheint dir ja gut zu gefallen. Und wenn ich es richtig sehe, ist er auch richtig in dich verschossen. Seit er dich kennengelernt hat, hat er sich, ganz gegen seine Art, überhaupt nicht mehr bei mir gemeldet. Und ganz ehrlich – ich bin froh darüber, denn er war nie mein Typ. Ich denke ihr beiden passt besser zueinander."

Bald darauf musste Verena los, denn sie sollte schon am nächsten Tag früh morgens ab Frankfurt fliegen. Die Freundinnen umarmten sich zum Abschied. Beide hatten Tränen in den Augen und versprachen einander, sich gegenseitig auf dem Laufenden zu halten und vor allem nicht mehr so viele Jahre bis zum nächsten Treffen verstreichen zu lassen.

Am nächsten Morgen wollte Helga eigentlich lange schlafen, wurde aber schon am frühen Morgen von einer SMS geweckt. Verschlafen schaute sie auf das Display ihres Handys und war sofort hellwach. Der Absender war Carlos. Sie wollte sofort antworten, doch dann erinnerte sie sich an Verenas Ratschläge. Nicht sofort für ihn da sein, nicht den Eindruck erwecken, als würde sie auf ihn warten, sondern erst einmal ein wenig zappeln lassen, um interessant für ihn zu bleiben.

Mittags antwortete sie ihm, schrieb, dass sie sich am Abend zuvor mit Verena getroffen hatte, die nun wieder auf dem Weg in die USA sei.

Carlos antwortete sofort, berichtete, dass seine Dreharbeiten auf Island noch mindestens drei, eher vier Wochen dauern würden. Helga überlegte noch, ob und was sie antworten sollte, als ihr Handy schon wieder klingelte. Carlos war dran. Helga hatte Schmetterlinge im Bauch, als sie seine Stimme hörte.

Sie telefonierten schon fast eine Stunde lang, als Helgas Mutter anfragte, ob sie denn gar nicht mit ihren Eltern zu Mittag essen wollte. Mit einem schlechten Gewissen, weil sie ihre Eltern, bei denen sie zu Gast war, so lange hatte warten lassen, verabschiedete sie sich schweren Herzens von Carlos. Es hatte ihr so gut getan, seine Stimme zu hören und sich über alle möglichen Dinge mit ihm zu unterhalten.

Beim Mittagessen fragte Helgas Mutter nach, mit wem sie so lange telefoniert habe, dass sie darüber völlig die Zeit vergessen habe.

Helga verspürte keine Lust dazu, ihren neugierigen Eltern schon zu einem so frühen Zeitpunkt längere Erklärungen über Carlos abzugeben. So schwindelte sie und sagte, dass sie mit Verena telefoniert habe, die gerade auf dem Flughafen von London auf ihren Anschlussflug in die USA wartete.

Als sie wieder zu Hause angekommen war, ging sie kurz zu Tjark in die Wohnung, um ihm zu sagen, dass sie wieder zurück sei. Er war gerade dabei, mit Freunden die nächsten Sportwettkämpfe zu planen, war völlig vertieft in die Unterlagen, die sie voreinander ausgebreitet hatten. Mechanisch umarmte und küsste er sie. Helga glaubte das Parfüm einer anderen Frau zu riechen. Sie hatte sich schon einige Male gefragt, ob Tjark eine Andere hatte. Wenn es so war, schien er aber sehr diskret vorzugehen und es gut zu verbergen. In diesem Moment zeigte ihr das Piepen ihres Handys den Eingang einer SMS an. Helga schaute aufs Display und zuckte erschrocken zusammen.

„Von meiner Freundin Verena", murmelte sie als Erklärung.

Tjark schien es nicht zu interessieren, denn er zuckte nur kurz mit den Schultern und vertiefte sich dann wieder mit seinen Freunden in die Planungen.

Helga ging schnell zurück in ihr Haus, las aufgeregt die SMS von Carlos und antwortete sofort. Sie fühlte sich wie ein verliebter Teenager. Von nun an schickte Carlos ihr mehrere SMS am Tag und rief sie abends nach dem Dreh oft an. Verena genoss es. Sie stellte sich vor, wie es sei, mehr Zeit mit ihm zu verbringen. Sie vermisste ihn schon jetzt, obwohl sie ihn nur zweimal getroffen hatte und eigentlich kaum kannte.

Am nächsten Wochenende begleitete sie Tjark wieder zu einer Sportveranstaltung. Er war erfolgreich, sie standen im Mittelpunkt, wurden von allen hofiert. Doch das war Helga nicht mehr wichtig. Sie dachte an Carlos, vermisste ihn.

Während der Veranstaltungen kamen mehrere Nachrichten von Carlos auf Ihrem Handy an. Doch sie hatte weder Zeit noch Ruhe um sie zu lesen, erst recht nicht, um darauf zu antworten. Helga war gereizt und wollte schnell weg von dieser Veranstaltung. Doch es wurde spät bis sie endlich nach Hause kamen. Tjark blieb lange, kostete seinen Erfolg voll aus. Helga ging das alles nur auf die Nerven.

Nachdem sie endlich in der Intimität ihrer eigenen vier Wände die Nachrichten von Carlos lesen und darauf antworten konnte, dachte sie über das vergangene Wochenende nach.

Früher konnte sie von diesen Veranstaltungen nicht genug bekommen. Sie hatte es genossen, als Frau von Tjark, dem erfolgreichen Siegertypen, hofiert zu werden, und hatte sich in seinem Ruhm und Erfolg gesonnt. Allerdings waren ihr die Menschen, die sie dort traf, damals schon egal gewesen. Sie hatte nichts mit ihnen gemeinsam. Außer dem jeweiligen Wettkampf und dem Erfolg von Tjark hatten sie keine passenden Gesprächsthemen.

Die Verbindung mit Tjark war eine reine Zweckgemeinschaft, die ihr zu Ansehen verhalf und sie in den ersten Jahren auch vor der Langeweile einsamer Abende und Wochenenden geschützt hatte.

Wie anders war es jetzt mit Carlos. Er berührte ihr Herz und ihre Seele.

Leider antwortete er an diesem Abend nicht mehr und machte sich auch in den nächsten Tagen rar. Helga wurde nervös. War er nicht mehr an ihr interessiert? War die schöne Zeit schon wieder vorbei? Musste sie auf ewig Tjark, seine Freunde und seine Sportveranstaltungen ertragen, wenn sie nicht alleine sein und von anderen wahrgenommen werden wollte?

Treffen

Als Helga am späten Donnerstag Abend gerade zum Telefon greifen wollte, klingelte ihr Handy.

Helgas Herz schlug höher, als sie Carlos Stimme hörte. Er sprach schnell und schien aufgeregt.

„Ich hoffe, ich habe dich nicht geweckt... Ich wollte unbedingt noch deine Stimme hören. Ich bin gerade in Hamburg gelandet. Jeden Tag lange habe ich lange gearbeitet, um nicht noch eine Woche länger auf Island bleiben zu müssen. Ich wollte dich unbedingt schnell wiedersehen."

Helga hielt vor Überraschung die Luft an und konnte nichts sagen.

„Bist du noch da?", fragte Carlos ganz verwirrt. „Du sagst ja gar nichts mehr."

Helga konnte nur ein leises „Ja" herausbringen.

Carlos redete weiter: „Ich kann leider nicht direkt zu dir kommen, ich habe in den nächsten Tagen einige Termine mit wichtigen Leuten und nur abends Zeit. Die Abende an diesem Wochenende würde ich allerdings gerne mit dir verbringen. Wenn du magst, könnten wir auch zusammen ins Theater oder Musical gehen."

Theater- und Musical-Besuche, für Helga ein Traum. Nie hätte sie Tjark dazu bringen können, sie zu dorthin begleiten. Und alleine machte es ist einfach keinen Spaß. Sie hatte es einige Male ausprobiert.

„Ja gerne", antwortete sie sofort, ohne weiter nachzudenken.

„Wenn du magst, am Freitag und am Samstag. Ich würde dir ein Zimmer in einem Wellnesshotel buchen und auch bezahlen. Dann musst du dich nicht langweilen, wenn ich zu geschäftlichen Terminen unterwegs bin."

Sie verabredeten, dass Helga am nächsten Tag gegen Mittag im Hotel einchecken und sich dann dort erst einmal verwöhnen lassen würde, bevor sie dann abends gemeinsam ins Theater gehen würden.

Helga packte noch am selben Tag ihren Koffer, um am nächsten Tag keine Zeit zu verlieren. Zum Glück hatte sie ausreichend Überstunden, um am späten Vormittag schon Feierabend zu machen und würde es schaffen, mittags in Hamburg zu sein.

Die wenigen Arbeitsstunden am nächsten Tag schlichen zäh dahin und schienen unendlich lange zu dauern. Endlich war es soweit. Helga fuhr von der Arbeit direkt nach Hamburg. Das Hotel war ein Traum. Carlos hatte ein großes, helles Zimmer für sie gebucht. Außerdem durfte sie beim Wellness-Programm frei wählen. Helga entschied sich für eine Ganzkörperbehandlung. Besonders gut gefiel ihr die Entspannungsmassage mit einem gut riechenden Öl. Dabei bemerkte sie, wie viele ihrer Muskeln total verspannt waren. Am Schluss ließ sie sich noch ein zu ihrer Abendgarderobe passendes Make Up auflegen.

Carlos war pünktlich und wartete zur verabredeten Zeit im Foyer auf sie. Er sah umwerfend gut aus.

Helga konnte kaum glauben, dass dieser attraktive Mann sie dazu eingeladen hatte, das Wochenende mit ihm zu verbringen.

Carlos hatte nicht zu viel versprochen: Nach der Theatervorstellung gingen sie in ein japanisches Restaurant. Helga hatte noch nie zuvor in ihrem Leben japanisch gegessen, außer dem üblichen schlecht gemachten Sushi, das es an jeder Ecke zu kaufen gab. Deshalb war sie sehr skeptisch, als Carlos sie in das Restaurant führte. Doch sie musste ihre bisherige Meinung über japanisches Essen komplett ändern: es gefiel ihr außerordentlich gut.

Danach brachte Carlos sie ins Hotel zurück. Er müsse am nächsten Tag früh aufstehen, sagte er ihr, als er sie zum Abschied umarmte und auf beide Wangen küsste. Allein in ihrem Zimmer angekommen war sie leicht verwirrt und auch etwas enttäuscht. Carlos hatte überhaupt nicht versucht, zu ihr aufs Zimmer zu kommen. Begehrte er ihren Körper etwa nicht? Andererseits war sie froh über seine Zurückhaltung. Sie hatte sich in ihren Träumen zwar schon immer ausgemalt, wie es sein würde, in seinen Armen zu liegen, andererseits war sie nicht sicher, ob sie heute schon dafür bereit gewesen wäre.

Helga schlief lange und ging am nächsten Morgen erst einmal schwimmen. Sie genoss es, wie das warme Wasser im Pool ihren Körper umschmeichelte. Sie schloss die Augen, ließ sich treiben und stellte sich vor, dass es Carlos Hände seien, die sie streichelten. Ein sehnsuchtsvolles Ziehen ging durch ihren Körper.

Nach einem leichten Frühstück ließ sie sich wieder von einer Kosmetikerin und einer Masseurin verwöhnen. Danach machte sie es sich auf dem bequemen Sofa in ihrem Zimmer gemütlich und las ein Buch. Auch das war purer Luxus für sie. Schon lange hatte sie sich zuhause nicht mehr die Zeit genommen, ein Buch zu lesen. Und wenn sie es wieder einmal versucht hatte, gab sie schnell auf, denn ihre Gedanken schweiften nach kurzer Zeit immer ab und kreisten um andere Dinge. Ihr fehlte in der Vergangenheit einfach die Ruhe dafür. Erstaunlich fand sie, dass eine kurze Auszeit für sie reichte, um ihre innere Ruhe wiederzufinden.

An diesem Abend lud Carlos sie zum Essen ins Portugieserviertel ein. Danach gingen sie tanzen.

Helga war zuerst etwas unsicher. Sie tanzte gerne, war aber völlig aus der Übung, weil Tjark nicht tanzen mochte und sie daher in den letzten Jahren kaum Gelegenheit zum Tanzen gehabt hatte.

Carlos war ein begnadeter Tänzer. Nach kurzer Zeit war es Helga, als hätte sie nie zuvor mit einem anderen Mann getanzt. Sie schwebte in Carlos Armen über die Tanzfläche und wünschte sich, diese Nacht würde kein Ende nehmen, Es wurde schon hell, als Carlos sie zum Hotel zurück brachte. Wieder verabschiedete er sich schon im Foyer von ihr, umarmte sie und küsste sie zum Abschied wieder auf die Wangen.

„Es war ein wunderschönes Wochenende", flüsterte er ihr dabei ins Ohr.

Am Sonntagmorgen ging Helga noch einmal im Pool des Hotels schwimmen und fuhr dann nach einem ausgiebigen Frühstück wieder nach Hause.

Auf der ganzen Rückfahrt überlegte sie, wie sie Carlos Verhalten deuten sollte. Im Theater, beim Essen und vor allem beim Tanzen waren sie einander so nahe gewesen, fast wie Seelenverwandte. Die Distanz beim abendlichen Abschied konnte sie sich aber nicht erklären.

Abends fragte Carlos noch in einer SMS , ob sie gut nach Hause gekommen sei. Helga wollte ihn erst bis zum nächsten Morgen auf ihre Antwort warten lassen. Dann aber beschloss sie, ihn nicht unnötig zu beunruhigen und antwortete noch am selben Abend.

In den nächsten drei Wochen schrieb Carlos ihr mehrmals täglich Nachrichten und telefonierte meist jeden Tag mit Helga. An den Wochenenden trafen sie sich zum Spazierengehen. Oft lud Carlos sie anschließend zum Essen ein. Sie fuhren nach Sylt, Flensburg und Lübeck.

Helga fragte sich manchmal, ob Tjark es nicht bemerkte oder ob es ihm egal war. Sie konnte allerdings auch keine weiteren Anzeichen dafür finden, dass er eine Andere hatte. Er verbrachte weiterhin viel Zeit mit ihr und nahm sie zu Sportveranstaltungen mit, anschließend kochten sie dann gemeinsam. Aber es schien eher aus Gewohnheit zu sein, nicht weil es ihm wichtig war etwas gemeinsam mit Helga zu unternehmen.

Die Personalabteilung forderte Helga mehrfach auf, ihre Urlaubsplanung für das Jahr einzureichen, zumal sie noch fast drei Wochen Resturlaub hatte. Doch Helga konnte sich einfach nicht entscheiden, wann sie ihren Urlaub nehmen wollte. Bislang war es immer so gewesen, dass sie ihren Urlaub nach den Terminen von Tjarks Sportveranstaltungen plante, um gemeinsam mit ihm in den Urlaub zu fahren. In diesem Jahr konnte sie sich allerdings nicht so richtig dazu entscheiden. Nun musste sie sich allerdings dringend entschließen, denn die Personalabteilung hatte ihr eine letzte Frist gesetzt. Außerdem war ihr nahegelegt worden, ihren Resturlaub so schnell wie möglich vollständig zu nehmen.

Nun saß sie abends vor dem Kalender und grübelte darüber nach, welche Urlaubsplanung sie am nächsten Tag abgeben sollte, als ihr Handy klingelte. Carlos war dran. Er schien aufgeregt zu sein.

Ohne weitere Einleitung fragte er: „Kannst du kurzfristig vier Wochen Urlaub nehmen?"

Helga wusste nicht so recht, was sie antworten sollte.

„Was ist passiert?", fragte sie stattdessen.

„Entschuldige, ich sollte es dir vielleicht erst einmal erklären", sagte Carlos. „Ich habe gerade einen Auftrag für ein Projekt bekommen, auf das ich mich schon vor langer Zeit beworben hatte. Eigentlich hatte ich schon nicht mehr damit gerechnet noch im Rennen zu sein. Es soll ein Film über die Tier- und Pflanzenwelt der Kanaren werden. Und nun ist noch ein Job frei, den ich vergeben darf: es wird Jemand gesucht, der die Tiere und Pflanzen sicher bestimmen kann, möglichst ein Biologe, der das Ganze dann auch vor laufender Kamera vorstellt.

Da habe ich sofort an dich gedacht. Ich kann mir gut vorstellen, mit dir zusammen zu arbeiten. Und außerdem möchte ich mehr gemeinsame Zeit mit dir verbringen, mal über einen längeren Zeitraum jeden Tag mit dir zusammen sein, um dich besser kennenzulernen. Du musst es nicht umsonst machen. Du bekommst ein angemessenes Gehalt und die Reisekosten werden alle von unserem Auftraggeber übernommen. Das Projekt soll aber möglichst schon in einer Woche starten."

Das Angebot war verlockend. Könnte sie so lange Urlaub bekommen? Helga überlegte.

Carlos deutete ihr Zögern falsch.

„Schade", sagte er, „ich hätte dich so gerne dabei gehabt."

„Nein, warte", sagte Helga. Sie hatte einen Entschluss gefasst. „Ich sitze gerade über meiner Urlaubsplanung für dieses Jahr. Ich versuche, morgen einen Termin mit meinem Chef und der Personalabteilung zu bekommen, damit ich dir morgen Abend sagen kann, ob ich Urlaub nehmen kann. Ich möchte gerne bei dem Projekt dabei sein."

Carlos beendete das Telefonat schnell, denn er hatte noch einiges vorzubereiten. Helga war traurig. Zu gern hätte sie seiner Stimme noch länger zugehört und mehr über das Projekt gewusst.

In der folgenden Nacht schlief sie schlecht, weil sie so aufgeregt war. Völlig übermüdet ging sie am nächsten Morgen zur Arbeit. Es lief alles viel besser, als sie es erhofft hatte. Zwei Stunden später war ihr Urlaubsantrag genehmigt. Ihr Urlaub würde am übernächsten Tag beginnen und fünf Wochen dauern. In der Mittagspause rief sie sofort bei Carlos an, um ihm die frohe Botschaft zu überbringen. Es war seiner Stimme anzuhören, dass auch er sich freute.

Am Abend erzählte sie Tjark von ihren Urlaubsplänen und ihrem Auftrag. Carlos und ihr Verhältnis zu ihm verschwieg sie lieber. Tjark freute sich ehrlich für sie. Es schien ihn allerdings auch nicht zu stören, dass er eine Woche lang alleine Urlaub machen müsste, um an einem Wettkampf teilzunehmen. Normalerweise hatte sie ihn immer begleitet.

Aufbruch

Wenige Tage später traf Helga am Flughafen den Rest der Crew und wurde den anderen Teammitgliedern von Carlos vorgestellt. Außer ihr war noch eine weitere Frau dabei, die Carlos offensichtlich schöne Augen machte. Das kann ja heiter werden, dachte Helga sich.

Doreen hatte sich auf Helgas Anwesenheit gut vorbereitet. Das bemerkte Helga schon beim Einsteigen, denn Doreen hatte vorab beim Check in dafür gesorgt, dass sie den Platz neben Carlos bekam. Helga saß weit von Ihnen entfernt, aber gleichzeitig so, dass sie während des gesamten Fluges ansehen musste, wie Doreen sich angeregt mit Carlos unterhielt und ab und an den Kopf auf seine Schulter legte. Es versetzte ihr jedes Mal einen kleinen Stich.

Endlich landete die Maschine auf Gran Canaria. Helga hatte das Gefühl, eine halbe Ewigkeit im Flugzeug gesessen zu haben. Es dauerte lange, bis die Crew endlich das gesamte Gepäck zusammen hatte. Vor dem Flughafen wartete ein Bus mit Fahrer, der sie zu ihrer Unterkunft bringen und danach während ihrer gesamten Drehzeit auf Gran Canaria als Transportmittel für die Crew zur Verfügung stehen sollte.

Der nächste Schreck für Helga kam, als die Unterkünfte verteilt wurden. Es gab nur Doppelzimmer. Und da sie und Doreen die einzigen

Frauen im Team waren, mussten sie sich ein Zimmer teilen.

Beim Abendessen versuchten beide Frauen, einen Platz neben Carlos zu ergattern. Doreen setzte sich durch. Helga hatte das Nachsehen und bekam einen Platz am anderen Ende des Tisches. Während des Essens bemerkte Helga, dass Doreen immer wieder triumphierend zu ihr herüberschaute. Es tat weh. Helga überlegte, wie sie die vier Wochen nur überstehen sollte. Doch andererseits würde es wahrscheinlich eine interessante berufliche Erfahrung werden, die sich in ihren späteren Lebensläufen gut machen könnte. Wenn sie in ihrem Haus oder bei der Arbeit war, beschlich sie mehr und mehr das Gefühl, dass sie etwas in ihrem Leben ändern musste. Allerdings fragte Helga sich bei diesen Gelegenheiten immer, ob nur Carlos der Auslöser für diese Unruhe war, oder ob das Gefühl auch dann eingetreten wäre, wenn sie Carlos nicht kennengelernt hätte.

„Helga, du bist ja ganz in Gedanken versunken. Möchtest du deinen Nachtisch nicht?"

Helga schreckte zusammen. Ihr Tischnachbar Leif lächelte sie an.

„Ich kann mir ja gut vorstellen, dass du als Neuling vor dem ersten Drehtag nervös bist. Aber deshalb solltest du den Flan nicht stehenlassen. Und jetzt mit einer Diät anzufangen, wäre auch blödsinnig, denn wir werden in den nächsten vier Wochen so hart körperlich arbeiten, dass man höllisch aufpassen muss, danach nicht nur aus Haut und Knochen zu bestehen."

Helga lächelte ihn an: „Du hast recht, ich bin verdammt unsicher."

Dabei machte sie sich über den Flan her...

„Ja, und deine verwöhnte Zimmernachbarin wird dir keine Hilfe sein. Übrigens: uns allen nicht. Sie hat keine Ahnung, steht meist nur im Weg herum und stiftet Verwirrung. Das war auch schon beim letzten Projekt so. Wenn du unsicher bist, frag mich. Ich helfe dir gern."

Die beiden letzten Sätze hatte Helga nicht mehr gehört. Doreen interessierte sie viel mehr.

„Aber warum ist sie dann auch diesmal wieder dabei, wenn sie nichts kann?", rutschte es ihr heraus.

„So ist das eben, wenn Papa Geld hat und seinem verwöhnten Töchterlein alles kaufen will. Er finanziert einen großen Teil des Projektes und hat auch dafür gesorgt, dass Carlos den Job bekommt. Oder nein, das muss ich anders sagen. Als der Sender schon viel eher drehen wollte und dafür einen anderen Regisseur vorgesehen hatte, weil Carlos zum gewünschten Zeitraum nicht verfügbar war, hat er das Geld aus dem Projekt rausgezogen, bis Carlos die Zusage hatte. Die zweite Bedingung war, dass sein Töchterlein auch einen Job bekommt. Sie läuft offiziell als Praktikantin, ist aber zu nichts zu gebrauchen. Doch damit sichert Papi ihr die Gelegenheit, rund um die Uhr in Carlos Nähe zu sein und ihn vielleicht doch rumzukriegen. Als Betthäschen hat er sie beim letzten Dreh scheinbar schon mal benutzt. Aber ich kann mir nicht vorstellen, dass sie ihn ganz bekommt. Es sei denn,

Carlos wird irgendwann doch mal käuflich und die Kleine bekommt ihr Statussymbol."

Helga wurde schlecht, sie konnte es in diesem Raum nicht mehr aushalten. Doch sie war auch froh, dass Leif so offen ihr gegenüber gewesen war und sie damit in kurzer Zeit reichlich Informationen bekommen hatte – auch wenn sie viele Dinge gehört hatte, die sie eigentlich nicht wissen wollte.

Helga stand auf, verabschiedete sich aber noch von Leif: „Nimm es mir nicht übel, aber die letzten Tage waren anstrengend und aufregend für mich. Es war ja das erste Mal in meinem Leben, dass ich meine Koffer gepackt habe, um Dreharbeiten zu begleiten. Ich bin hundemüde und gehe nun schlafen."

In ihrem Zimmer angekommen, wurde ihr mit Schrecken bewusst, dass sie sich das Zimmer ja mit Doreen teilte, der Frau, die Carlos als Statussymbol haben wollte und dabei das Geld ihres Vaters im Rücken hatte. Helga glaubte nicht, dass es echte Liebe war, die Doreen für Carlos empfand.

Dabei wurde sie mit einem Mal sehr nachdenklich. Was verband sie eigentlich mit Tjark? War jemals Liebe von ihrer Seite da gewesen? Sie hatte es viele Jahre lang genossen, neben ihm, dem erfolgreichen Sportler zu stehen, gesehen und hofiert zu werden. War Tjark für Helga auch ein Statussymbol? Sie hatte die Aufmerksamkeit genossen, die ihr als seiner Partnerin entgegengebracht wurde. Und bei vielen Veranstaltungen wäre sie niemals hinein gelassen worden, wenn sie nicht an Tjarks Seite gewesen wäre.

Ohne Antworten auf ihre Fragen zu erhalten, schlief sie erschöpft ein.

Als Helga am nächsten Morgen aufwachte, saß Doreen komplett angezogen im Zimmer und beobachtete sie lauernd. Nachdem Helga ihr einen guten Morgen gewünscht hätte, legte sie los. Doreen erzählte von dem schönen Abend an Carlos Seite und den interessanten Gesprächen.

Helga fragte sich kurz, was davon wohl der Wahrheit entsprach und was Doreens lebhaften Fantasien und Wunschträumen entsprang.

Auch als Helga unter die Dusche ging, hörte Doreens Geplapper nicht auf. Doch nach einiger Zeit schien es ihr langweilig zu werden. Helga bemerkte mit tiefer Befriedigung, dass das Geplapper verstummte. Als Helga das Bad verließ, war das Zimmer leer. Nach dem Frühstück sollte es sofort zum Drehort gehen. Deshalb zog Helga sich ein Tanktop, bequeme robuste Baumwollhosen und Wanderstiefel an.

Als sie den Frühstücksraum betrat, thronte Doreen schon wie eine Prinzessin neben Carlos, redete offensichtlich ununterbrochen auf ihn ein. Es waren noch einige Plätze am Tisch frei, auch in Carlos Nähe. Helga ignorierte sie und begab sich an das Ende des Tisches zu Leif.

Dieser fragte sie sofort auf eine charmante, unaufdringliche Art, wie es ihr ging und gab ihr Tipps für den ersten Drehtag. Helga war ihm sehr dankbar.

Als sie anschließend zum Teambus gingen, schüttelte Leif nur den Kopf.

„Nun schau dir das an", sagte er und zeigte auf Doreen. „Wie will dieses dumme Huhn den Drehtag zwischen Sträuchern und Kakteen in offenen Sandalen und Minirock überstehen? Das wird heute Abend reichlich Geheule wegen ihrer zerkratzten Beine geben. Ich bin froh, dass du nur zum Arbeiten hier bist und nicht um den Männern zu gefallen."

Helga hatte ihre Gefühle nicht im Griff und errötete leicht, was Leif nicht entging.

„Vergiss es", sagte er leise. „Ich finde dich ja auch nett, aber es wird nichts mit uns beiden. Ich stehe auf Männer."

„Oh", sagte Helga nur.

Jetzt wurde Leif nervös: „Bitte sage es Niemandem, es gibt hier in der Crew Typen, die mögen es nicht und würden versuchen, mir zu schaden, wenn sie es wüssten. Deshalb habe ich gestern auch so sehr mit dir geflirtet. Ich wollte sie ablenken. Bitte verzeih mir, wenn ich bei dir Hoffnungen geweckt haben sollte."

Nun lachte Helga erleichtert auf: „Nein, alles gut. Ich bin zum Arbeiten hier."

Das entsprach zwar nicht ganz der Wahrheit, aber sie war inzwischen fest entschlossen, sich keine Blöße zu geben und den Job zu genießen. Wann hatte man schon mal die Gelegenheit, vier Wochen bezahlten Urlaub auf den Kanaren zu machen?

„Und ich freue mich, in dir einen so guten Kumpel gefunden zu haben, der mich nicht ins offene Messer laufen lässt, sondern mir hilfreiche Tipps gibt."

Leif war anzusehen, wie erleichtert er war.

Der Tag verging wie im Fluge. Helga versuchte, schnell zu verstehen, was von ihr erwartet wurde. Die anderen Crewmitglieder unterstützten sie auch nach Kräften, als sie merkten, dass Helga lernwillig und bereit war, überall mit anzupacken, wo Hilfe benötigt wurde. Leif hatte mit seiner Vorhersage recht behalten: Doreen war allen im Wege, jammerte über ihre zerkratzten Beine und versuchte Carlos Aufmerksamkeit zu gewinnen.

Abends suchte sich Doreen sofort wieder den Platz neben Carlos, während Helga sich mit den anderen unterhielt.

So war es auch während der restlichen Drehtage auf Gran Canaria: Helga wurde als geschätztes Mitglied in die Gruppe aufgenommen, während Doreen scheinbar fast allen auf die Nerven ging.

Einige versuchten ihre Abneigung zu verbergen – so auch Helga. Andere zeigten Doreen sehr deutlich, was sie von ihr hielten, doch das schien Doreen nicht zu stören, solange sie nur in Carlos Nähe sein konnte. Bei den gemeinsamen Mahlzeiten, saß sie stets neben Carlos, während Helga die Tischnachbarn gern wechselte. So konnte sie sich mit allen unterhalten und alle kennenlernen.

Der Zufall brachte es aber mit sich, dass sie an jedem Tag mindestens einmal neben Leif saß. Im Bus waren sie ständige Sitznachbarn. Carlos suchte kaum den Kontakt zu Helga. Sie dachte wenig darüber nach. Während der Dreharbeiten sprach er eigentlich nur mit ihr, um ihr Anweisungen zu geben. Doreen war dabei immer an seiner Seite.

Im Laufe der Woche bemerkte Helga, dass Carlos Tonfall ihr gegenüber immer gereizter wurde. Lag es daran, dass er nicht mit ihr zufrieden war? Lernte sie nicht schnell genug? Als Helga Carlos darauf ansprach, schüttelte er nur wortlos den Kopf, drehte sich um und ging.

Nach einer Woche verließen sie Gran Canaria und setzten über nach Lanzarote. Doreen maulte darüber, dass sie statt zu fliegen auf der unbequemen Fähre mit lauter Einheimischen reisen musste. Helga hingegen genoss die Sonne und das Meer.

Als sie endlich im Hafen anlegten, gefiel Helga diese karge Vulkaninsel auf Anhieb. Doreen hingegen interessierte sich mehr für die Luxusyachten, die im Hafen lagen. Es schien, als würde sie alle Schiffe kurz taxieren, bevor sie an Land ging.

Bei der Einteilung der Quartiere gab es eine angenehme Überraschung: Die Männer hatten zum Teil Doppelzimmer, die Frauen bekamen jede ein einzelnes Zimmer mit einem schönen breiten Bett. Helga war froh, nun ihre Ruhe zu haben, Stunden ohne Doreens direkte Nähe für sich zuhaben.

Ihre Unterkunft lag direkt am Hafen, denn hier würden sie teilweise an Land, aber auch viel von See aus drehen.

Die Dreharbeiten wurden noch anstrengender. An Land war Doreen noch halbwegs zu ertragen, doch auf dem engen Schiff war sie allen im Weg und versprühte schlechte Laune. Auch Carlos wurde unausstehlich. Helga achtete darauf, sich möglichst von ihm fernzuhalten. Dafür verbrachte sie umso mehr Zeit mit Leif.

An den Abenden aß die Crew nicht mehr gemeinsam. Die Teammitglieder verteilten sich auf die kleinen Bars und Restaurants rund um den Hafen. Es gab nur eine Konstante: Wo Carlos war, war auch Doreen zu finden. Mehrmals bekam Helga tagsüber Gesprächsfetzen mit, bei denen Doreen versuchte, Carlos nachts auf ihr Zimmer zu locken.

Helga ging abends meist relativ früh ins Bett, um fit für den nächsten Tag zu sein. Außerdem stand sie häufiger vor der Kamera, gab dort Erklärungen über Pflanzen- und Tierwelt der Kanaren ab. Doreen hingegen kam morgens immer häufiger zu spät. Sie verloren wertvolle Drehzeit, weil sie auf Doreen warten mussten. Wegen des für das Projekt sehr wichtige Geldes ihres Vaters wagte allerdings Niemand ohne sie loszufahren.

Dann änderte sich Doreens Laune plötzlich. An einem Morgen erschien sie pünktlich und mit einem strahlenden Lächeln zum Dreh. Helga fragte sich, ob sie nun endlich ihr Ziel bei Carlos erreicht hatte und merkte, dass ihre Knie bei dem Gedanken daran weich wurden. Zwei Wochen musste sie noch aushalten. Dann würde sie Carlos nie wieder sehen. Konnte sie das ertragen?

In der darauffolgenden Nacht schlief sie schlecht. Sie hatte verwirrende Träume in denen Tjark und Carlos immer wieder auftauchten. Auch Doreen geisterte durch ihre Träume, ebenfalls eine andere Frau, die Helga nicht kannte. Tjark trat auf sie zu, im Arm die unbekannte Frau, deren Gesicht Helga nicht erkennen konnte.

„Doreen macht das mit dir und Carlos, was du schon seit langer Zeit mit mir machst", sagte Tjark zu Helga.

„Was?", hörte Helga ihre eigene Stimme fragen.

„Ihr klammert euch an uns und lasst uns keine Luft zum Atmen", antwortete Tjark. „Dabei liebt ihr uns überhaupt nicht und wollt uns nur als eure Statussymbole. Ihr wollt an unserem Erfolg und unserem Bekanntheitsgrad teilhaben, um über uns interessante Menschen kennenzulernen. Wir machen dabei allerdings auch Fehler: Aus Loyalität zu einer langen Beziehung oder aus finanzieller Abhängigkeit bleiben wir ohne euch zu lieben bei euch und verzichten dabei auf die große Liebe unseres Lebens. Was für eine Verschwendung! Glücklich ist dabei niemand von uns."

„Bist du mit mir glücklich?", fragte Helga ihn.

Die Antwort kam ohne weiteres Nachdenken: „Nein."

Schweißgebadet wachte Helga auf und konnte nicht wieder einschlafen. Sie beschloss, noch ein wenig frische Luft zu schnappen, und zog sich etwas über. Ziellos wanderte sie am Hafen umher.

Dann hörte sie eine bekannte Stimme – Carlos. Helga verbarg sich in der Dunkelheit.

Er telefonierte. Helga konnte allerdings nur Bruchstücke mithören: „... sie geht mir auf die Nerven... macht schlechte Stimmung im Team... Ich will diese Frau nicht... würde das Projekt am liebsten abbrechen, wenn sie bleibt... Es war ein Fehler, sie mitzunehmen..."

Von wem sprach Carlos? Bereute er, dass er Helga mitgenommen hatte? Störte sie seine Beziehung mit Doreen? Stand sie – Helga – zwischen Carlos und Doreen und ihrem Geld?

Sie konnte Carlos nicht mehr hören. Er war verschwunden.

Nachdenklich ging Helga zu ihrem Zimmer zurück. Sie war wegen Carlos hierhergekommen, weil sie damals dachte, dass er ernsthaftes Interesse an ihr hatte. Doch seit sie auf den Kanaren waren, ignorierte er Helga und sprach nur das notwendigste berufliche mit ihr und verbrachte seine Freizeit mit Doreen.

Dazu dieser seltsame Traum. Tjark hatte ihr im Traum gesagt, dass er für Helga genau das sei, was Carlos für Doreen sei.

Helga versuchte zu schlafen, doch sie wälzte sich für den Rest der Nacht nur noch unruhig auf ihrem Bett umher.

Am nächsten Morgen verkündete Carlos beim Frühstück eine Programmänderung. Sie würden heute nicht drehen. Carlos würde mit dem

Auftraggeber das vorhandene Filmmaterial sichten. Der sei extra dafür auf die Insel gekommen. Dann würde entschieden werden, auf welchen Inseln während der letzten zwei Wochen gedreht werden sollte.

Während des Tages hätte die Crew frei, zum Abendessen sollten allerdings alle im Hotel sein. Leif fragte Helga, ob sie mit ihm schwimmen gehen wolle, doch sie lehnte ab. Sie wollte alleine sein, ihre Gedanken sortieren.

Helga setzte sich an den Hafen, beobachtete das bunte Treiben der Fischer. Sie war eine Außenstehende, gehörte nicht dazu, genau wie bei Tjarks Sportveranstaltungen.

Was war das? Helga versuchte den flüchtigen Gedanken noch einmal einzufangen. Ja – genau das war es: sie war ein Fremdkörper, wenn sie gemeinsam mit Tjark seine Sportveranstaltungen besuchte. Sie gehörte nicht dazu. Sie brannte nicht wie die anderen Anwesenden für den Sport. Helga wollte gesehen werden, als Frau von Tjark im Mittelpunkt stehen und bewundert werden. Der eigentliche Grund der Veranstaltungen interessierte sie nicht im Geringsten. Nein, sie liebte Tjark nicht. Er war für sie nur der erfolgreiche Vorzeigemann, die Eintrittskarte in eine besondere Gesellschaft.

Gleichzeitig blockierte sie aber auch für sich selbst eine neue Partnerschaft. Wie sollte sie einen zu ihr passenden Partner finden, wenn sie doch noch in einer Beziehung steckte, sich einem anderen Menschen zugehörig fühlte?

Helga beschloss, dass es an der Zeit war, sich endlich von Tjark zu trennen, da sie ihn nicht liebte, ihn wohl auch nie geliebt hatte. Er hatte ihr geholfen, nach der schmerzhaften Trennung ihre Einsamkeit zu überwinden. Es war nur fair, ihn endlich frei zu geben, der sich aus Loyalität nicht von ihr trennte, obwohl er sie vermutlich schon längst nicht mehr liebte.

Sie würde es ihm sagen, sobald sie wieder zuhause war. Helga dachte noch: nein, das würde noch mindestens zwei Wochen dauern, Tjark und auch sie zu blockieren. Sie wollte diese Last von ihren Schultern loswerden.

Spontan ging sie in einen Laden, kaufte sich Schreibzeug, Briefumschläge und Briefmarken. Dann ging sie in eine kleine Bar, bestellte sich einen Wein und schrieb einen langen Brief an Tjark, in dem sie ihm ihre Gefühle erklärte. Sie entschuldigte sich dafür, dass sie ihn so lange blockiert hatte. Helga schrieb, dass sie sich und Tjark nicht mehr als Paar betrachten würde, dass er sie bei seinen Veranstaltungen nicht mehr einplanen solle. Auch seine Urlaubsplanung solle er unabhängig von ihr machen.

Nachdem Helga den Brief abgeschickt hatte, fiel ihr ein großer Stein vom Herzen.

Es war schon spät, Zeit zum Hotel zurückzugehen, wo an diesem Abend ein gemeinsames Essen der Crew stattfinden sollte. Als Helga das Restaurant betrat, waren schon fast alle da. Doreen thronte wie üblich neben Carlos, rechts neben ihr ein Mann mittleren Alters, etwas jünger als Carlos, aber deutlich älter als Doreen. Ein weiterer grauhaariger Unbekannter saß neben Carlos. Der Mann trug einen gut sitzenden Anzug, geschmackvoll und sehr teuer aussehend. Er passte vom Outfit her nicht zu den anderen Anwesenden.

Automatisch wählte Helga den freien Platz neben Leif. Als sie sich setzte, bemerkte sie, dass Carlos die Stirn runzelte. Er schien überhaupt sehr angespannt zu sein. War die Sichtung des Materials so schlecht gelaufen? Vor dem Essen hielt Carlos eine stockende Ansprache. Er berichtete, dass sie den ganzen Tag lang das Material gesichtet hätten und der Auftraggeber die Crew zum Essen eingeladen habe. Nach dem Essen würde der Auftraggeber dann berichten, wie das weitere Vorgehen im Projekt sei. Es klang nicht gut in Helgas Ohren.

Während des Essens waren alle ziemlich verkrampft, es kam keine Feierstimmung auf.

Nach dem Dessert ergriff der Auftraggeber das Wort. Es war Doreens Vater. Doreen saß selbstzufrieden neben Carlos und beobachtete das Team.

Bei Helga kamen nur Teile der Rede an: „... morgen weiter mit dem Schiff nach La Gomera... Vegetationen dort beschrieben... dann vor dem Rückflug drei freie Tage auf Teneriffa, als Dank für die gute Arbeit... besonderes Lob für eine Frau im Team...“

Leif stieß Helga mit dem Ellenbogen an: „Steh auf, du bist gemeint.“

Als Helga stand, nahm wie durch einen Nebel den Applaus wahr.

Doreens Vater kam auf sie zu, schüttelte ihr die Hand: „Sie haben hervorragende Arbeit geleistet, Flora und Fauna im Film so wunderbar erklärt, mit Liebe zum Alltäglichen, dass es durch sie trotzdem etwas Besonderes ist. Ich freue mich, dass Carlos sie entdeckt und ins Team gebracht hat. Wenn Sie weitere meiner Produktionen unterstützen möchten, würde ich sie gerne langfristig unter Vertrag nehmen. Dann müssten Sie allerdings auch mit anderen Regisseuren zusammenarbeiten."

Bei Helga kam nur die Hälfte des Gesagten an. Sprachlos nickte sie.

Der Mann ging zu seinem Platz neben Carlos zurück. In der Zwischenzeit brachten die Kellner Champagner für alle Gäste. Als jeder ein Glas vor sich stehen hatte, erhob Doreens Vater sein Glas.

„Und nun bitte ich sie alle, ihr Glas zu erheben, um mit mir etwas ganz Besonderes zu feiern."

Er drehte sich zu Carlos und Doreen.

„Ich freue mich heute, die Verlobung meiner Tochter Doreen bekannt geben zu dürfen."

Helgas Herz rutsche in ihre Hose, ihr wurde schwindelig. Leif legte ihr seine Hand auf den Arm.

„Alle Achtung", sagte er. „Die kleine Schlange hat es also geschafft und wird uns nun wohl bis in alle Ewigkeit begleiten."

„Allerdings gibt es dabei auch eine schlechte Nachricht für sie: Doreen wird ab morgen die Dreharbeiten nicht mehr begleiten, sondern mit ihrem Verlobten nach Papenburg fliegen, um in der nächsten Woche das neueste Kreuzfahrtschiff ihres Verlobten Sir William Nelson – übrigens ein entfernter Verwandter des englischen Admirals – zu taufen. Bitte erheben Sie sich alle und lassen Sie uns auf das Paar trinken."

Carlos stand auf, während der Mann an Doreens anderer Seite dümmlich grinste. Und Doreen betrachtete ihn zufrieden, wie ein Jäger seine erlegte Beute.

Die Stimmung im Raum wurde ausgelassener, aber nicht übermütig. Alle gingen rechtzeitig ins Bett, weil das Schiff nach La Gomera früh ablegen würde.

Auf dem Weg zu ihrem Zimmer traf Helga Doreen im Flur, die hängte sich an Helgas Arm.

„Ich bin so froh, dass Williams Onkel seine Meinung doch noch geändert hat", sagte Doreen. „Er wollte ihn enterben, weil er die von seinem Onkel ausgesuchte adlige Braut nicht heiraten wollte. Nun ist der alte Zausel tot und hat William den Familienbesitz trotzdem vermacht, weil er der Letzte der Familie ist und Onkelchen nicht wollte, dass die Jahrhunderte lang in Familienbesitz befindliche Reederei in fremde Hände fällt. Ich werde nun die Frau eines Reeders. Einen armen Mann, der nichts darstellt, hätte ich nicht geheiratet."

Aha, daher wehte also der Wind. Zuerst sollte der berühmte Regisseur die Beute werden, doch als ein

Reeder mit Adelstitel daher kam, wechselte Doreen schnell die Seiten. Helga gratulierte ihr und verabschiedete sich dann ins Bett. Sie brauchte dringend Schlaf, der Tag war zu aufregend gewesen.

Am nächsten Tag verzögerte sich das Ablegen des Schiffes, weil Doreen nicht da war. Wie immer schimpften einige, nie konnte sie pünktlich sein. Doch dann wurde ihnen klar, was Doreens Vater am vergangenen Abend gesagt hatte. Doreen würde die Crew nicht weiter begleiten, sondern gemeinsam mit ihrem Verlobten nach Papenburg fliegen. Carlos gab den Befehl zum Ablegen.

Der Dreh auf La Gomera forderte noch mal alles vom Team: Sie mussten jeden Tag weite Strecken mit ihrer Ausrüstung zu Fuß zurücklegen. Doch niemand jammerte, alle wirkten entspannter. Zu den Mahlzeiten versammelten sich alle wieder. Es gab keine Alleingänge von kleinen Grüppchen, wie auf Lanzarote. Die Gespräche beim Essen wirkten lockerer.

Carlos sprach trotz allem kaum mehr mit Helga. Meist waren es nur Anweisungen bei den Dreharbeiten. Er vermied es, mit ihr alleine zu bleiben. Helga war meist in Gesellschaft von Leif, wenn sie ihren Tischnachbarn aussuchen konnte.

Am Tag als sie La Gomera verließen, um noch ein paar Urlaubstage auf Teneriffa zu verbringen, erhielt Helga eine SMS von Tjark. Sie bestand aus einem einzigen Wort: „Danke!"

Klärung

Auf Teneriffa angekommen, stellten die Männer fest, das der neue Star Wars Film dort im örtlichen Kino lief. Sie verabredeten sich, ins Kino zu gehen.

Helga hatte keine Lust dazu, verabschiedete sich für den Abend und ging auf ihr Zimmer. Wenige Minuten später erhielt sie eine SMS. Ihr stockte der Atem, als sie den Absender sah: Carlos.

„Ich möchte dich zum Essen einladen. Hast du Lust anschließend mit mir tanzen zu gehen?"

Ohne Nachdenken antwortete Helga sofort mit ja.

Es war ein schöner Abend. Carlos war sehr zurückhaltend, fast unsicher. Sie unterhielten sich über fast alle möglichen Themen, Doreen allerdings sparten sie aus. Carlos freute sich für Helga, dass ihr ein Vertrag angeboten worden war, fragte sie, ob sie das Angebot annehmen und ihren bisherigen Job kündigen wolle. Helga hatte schon die ganze Zeit lang nachgedacht, war aber noch zu keiner Entscheidung gelangt.

„Was würdest du mir raten?", fragte sie Carlos.

Der antwortete schnell: „Ich kann mir nichts Schöneres als meinen Job vorstellen. Wenn man allerdings ein Haus hat und regelmäßig an seinem Wohnort bei Freunden und Familie sein möchte, ist der Job nicht geeignet."

Helga lachte: „Das Projekt hat mir großen Spaß gemacht. Ich denke, ich werde das Angebot annehmen."

Beim Tanzen war Carlos ziemlich verkrampft. Es schien, als wolle er Helgas Körper nicht zu dicht an sich heranlassen. Helga bedauerte das sehr.

Zurück im Hotel verabschiedete Carlos sich im Foyer von Helga, allerdings ohne die früher übliche Umarmung und die Küsse. Aus dem Augenwinkel sah Helga, dass Leif in diesem Moment das Hotel betrat. Carlos hatte ihn auch bemerkt, entfernte sich fast fluchtartig. Als sie in ihrem Zimmer war, klopfte es an der Tür. Helga fragte sich, wer dies noch zu so später Stunde sein könnte, öffnete aber trotzdem. Ein strahlender Leif stand vor ihr.

„Du erfährst es als Erste und vor allem die ganze Wahrheit", zwinkerte er ihr zu. „Ich werde mich morgen vom Team verabschieden und zurück nach Lanzarote fahren, wo mein Freund schon auf mich wartet. Wir wollen dort zwei Wochen lang gemeinsam Urlaub machen, bevor ich nach Deutschland zurückfliege."

Leif grinste: „Die offizielle Version wird aber anders lauten."

Er küsste und umarmte sie.

„Es war mir wichtig, dass du es erfährst. Du bist eine wunderbare Frau. Ich hoffe, dass wir bald mal wieder zusammen arbeiten."

Am nächsten Morgen verkündete Leif, dass er aus privaten Gründen schon am selben Tag nach

Deutschland zurückreisen müsse. Helga sah, dass Carlos bei dieser Ankündigung erschrak. Kurz danach ging eine SMS auf Helgas Handy ein. Sie war von Carlos.

„Tut mir leid, wenn du Streit mit Leif hattest, weil er uns gestern Abend beobachtet hat. Bitte verzeih mir."

Was meinte er damit? Nach einiger Zeit kannte Helga die Antwort und lachte. Wahrscheinlich war Carlos der Meinung, dass sie und Leif ein Paar geworden seien.

Beim Abendessen setzte sie sich neben Carlos. Das Essen verlief relativ hektisch. Alle wollten schnell fertig werden, um die Übertragung eines Fußballländerspiels im Fernsehen zu sehen.

Helga verkündete, dass sie keine Lust auf Fußball hätte und lieber tanzen gehen würde. Carlos stand noch unentschlossen neben ihr.

„Begleitest du mich?", fragte Helga ihn.

Carlos sagte spontan zu, war beim Tanzen aber wieder furchtbar verkrampft und auf Abstand bedacht.

Es ließ Helga keine Ruhe. Bevor sie nach Deutschland zurückkehrten, musste sie wissen, was Carlos für sie empfand. Sie zog ihn von der Tanzfläche zu einem Tisch in einer ruhigen Ecke, bestellte zwei doppelte Brandy. Carlos machte es ihr nicht leicht, doch Helga ließ nicht locker. So erfuhr sie, dass Carlos ihr den Job beschafft hatte, um die geliebte Frau während der Dreharbeiten in der Nähe zu haben. Dann sei Doreen erschienen, die scharf auf ihn gewesen sei, weil sie davon ausgegangen war, dass William arm bleibt. Er war während Doreens Anwesenheit zu feige gewesen, sich zu Helga zu bekennen, weil er fürchtete, dass Doreens Vater den Geldhahn zudrehen und das Projekt stoppen würde, wenn seine Tochter nicht bekäme, was sie wolle und dazu noch erfahren würde, dass er Interesse an Helga habe.

Nach Abschluss des Projektes wollte er Helga alles erklären, wenn sie wieder in Deutschland wären. Doch durch seine Dummheit hätte er Helga erst an Leif verloren und dann zu allem Überfluss auch noch einen Beziehungsstreit zwischen Helga und Leif verursacht.

„Du Dummkopf", sagte Helga nur und erklärte ihm, wie weh es ihr getan habe, Doreen ständig neben ihm zu sehen. Und sie beschrieb ihm, wie Leif als guter Freund sie dabei unterstützt habe, sich in ihrer Arbeit und dem Team zurecht zu finden, was ja eigentlich Carlos Aufgabe gewesen wäre. Zur Wiedergutmachung dürfe Carlos sie gerne noch mal in das Wellnesshotel einladen, wo er sie früher schon einmal einquartiert hatte, allerdings nur, wenn er ein Doppelzimmer buchen würde, in dem Helga die Nächte mit dem Mann ihrer Wahl verbringen dürfe. Dabei zwinkerte sie ihm zu.

„Ich liebe dich", sagte er schlicht, nahm sie in den Arm und küsste sie.

In den beiden letzten gemeinsamen Tagen mit dem Projektteam wahrten sie wieder die gewohnte Distanz.

Kurz vor dem Abflug nach Deutschland erschien eine SMS auf Helgas Handy.

„Das Hotelzimmer in Hamburg wartet am nächsten Wochenende auf dich, Karten fürs Musical sind bestellt."

Helga hatte während des gesamten Rückfluges Schmetterlinge im Bauch.

Ein Jahr später heirateten Carlos und Helga auf dem Wittkielhof, dem Ort, wo alles begann. Tjark und Verena waren ihre Trauzeugen.

Die Autorin

Franziska Fairytale liebt Feen, Märchen und die Erzählungen der Barden.

Sie träumt oft und intensiv. Irgendwann stellte sie fest, dass sich viele ihrer Träume irgendwann in der Vergangenheit an anderen Orten ereignet hatte, oder später wahr wurden.

Nun hat sie einen ihrer Träume aufgeschrieben und in ihren Erstlingswerk veröffentlicht.

Kontakt zu Franziska Fairytale:
franziska.fairytale@gmx.de